डरावनी कहानियाँ

विवेक कुमार पांडे शंभुनाथ

Copyright © Mr Vivek Kumar Pandey Shambhunath
All Rights Reserved.

ISBN 979-888591521-2

This book has been published with all efforts taken to make the material error-free after the consent of the author. However, the author and the publisher do not assume and hereby disclaim any liability to any party for any loss, damage, or disruption caused by errors or omissions, whether such errors or omissions result from negligence, accident, or any other cause.

While every effort has been made to avoid any mistake or omission, this publication is being sold on the condition and understanding that neither the author nor the publishers or printers would be liable in any manner to any person by reason of any mistake or omission in this publication or for any action taken or omitted to be taken or advice rendered or accepted on the basis of this work. For any defect in printing or binding the publishers will be liable only to replace the defective copy by another copy of this work then available.

क्रम-सूची

क्रम-सूची

प्रस्तावना

यह किताब में 20+ नई डरावनी कहानियाँ है .इस किताब को लिखने के दौरान कोई भी धर्म और कोई भी जाती एवम किसी परिवार के सदस्य को नुकसान नहीं पहुंचा या गया है.। इस किताब को लिखा है श्री विवेक कुमार पांडे शंभुनाथ जी ने.।

भूमिका

मेरा नाम विवेक कुमार पांडे है और मैं एक लेखक हु , में गुजरात के सुरत में निवास करता हूं.मेरा जन्म ३० सेप्टेंबर को २००२ में हुआ था, और मुझे बचपन से एक्टर बनने का सोख रहा है और अभी भी है.। में कभी ये नहीं सोचता की लोग क्या कर रहे हैं में ये सोचता हूं कि में क्या कर रहा हूं, में आज सफल हूं तो अपने पापा की वजह से आज वो रहते तो उन्हें बहुत खुशी होती , वो सदा और हमेशा मेरे साथ रहेंगे.।

1

भूत नाशक बाबा

- भूत नाशक बाबा - डरावनी कहानियाँ

यह कहानी एक भयानक जंगल की है जो मैंने उनके घर वालों से सुनी है!जिसके साथ यह घटना हुई है!माधोपुर से लेकर श्योपुर तक फैले इस जंगल में न जाने कितने भयानक जानवर और भूत आत्मायें रहती हैं! इस बार मैं श्योपुर रक्षाबंधन पर दीदी का यहाँ पर गया था!वहां के लोग उस जंगल के बारे में बताते रहते हैं कि इस जंगल में आत्माएं भूत-प्रेत रहते हैं!तो मुझे तो वेसे भी भूत-प्रेतों पर विश्वाश है शायद आप लोगों को भी हो!

तो मैं 15 अगस्त को अपने जीजा जी के कॉलेज गया था! वहां के लोग उन्हें आचार्य जी कहते थे!15th अगस्त का प्रोग्राम खत्म होते ही हम लोग जाने ही वाले थे की वहां के पडोसी ने उन्हें घर पर चाय पीने को बुलाया तब हम लोग उनके घर चाय पीने गए ऐसे ही बातें हो रही थी!

तब उन्होंने अपनी आप बीती कहानी बताई कि अभी कुछ दिनों पहले मेरे बेटे राजीव के साथ ऐसी घटना घटी है!की आप को क्या बताएं राजीव के पिताजी ने बताया की एक दिन मेरी तबियत खराब हो गयी थी!तब मैंने राजीव को जंगल से बकरियों के लिए चारा लाने के लिए भेज दिया था!

राजीव वेसे तो कभी कभी जंगल जाता था पर वो हमेशा काम से जी चुराता था!पर आज उसे मजबूरी में जंगल जाना पड़ा वो रास्ते में चलता गया उसे कहीं भी पास में चारा नहीं मिला क्योंकि पास के सारे पेड़ तो पहले से ही बकरियों के लिए काट चुके थे!वो जंगल के और अंदर चला गया वो घने जंगल में पहुँच गया!जहाँ पर बहुत पास-पास पेड़ खड़े हुए थे!पेड़ इतने घने थे कि आसमान तो नजर ही नहीं आ रहा था!

बरसात का टाइम था अच्छी बरसात हो गयी थी तो पूरा जंगल हरा भरा हुआ था!पत्थरों पर पानी ऐसे बह रहा था जैसे साफ़ कोई झरना बह रहा हो!पहाड़ों से नीचे की और आता हुआ पत्थरों पर साफ़ पानी बह रहा था वहां पर इतनी शीतलता थी की उसकी देखते ही थकान

दूर हो गयी उसने सोचा की पहले मैं थोडा आराम कर लूं फिर मैं पत्तियां काट कर घर चला जाऊँगा थोड़ी देर ही हुई थी उसे सोये हुए उसने सपना देखा कि वह चारे के चक्कर में बहुत दूर आ गया है और वह रास्ता भूल गया है!

उसने सपने में देखा कि उसके सामने कोई खड़ा है उसकी शक्ल देखते ही उसकी आंखें खुल गयी और वह डर गया अब उसे और ज्यादा डर लगने लगा अब चारा तो काट रहा था!पर वह सपने की बात याद करके बहुत घबराया हुआ था! उधर सूरज भी ढलने वाला था!उसके हाथ दूर-दूर तक किसी की भी आवाज सुनाई नहीं दे रही थी!वह जल्दी जल्दी पत्तियां काट ही रहा था की उसे आपस में बातें करते हुए एक आवाज सुनाई दी उसने सोचा कोई आदमी होगा तो मैं उसी के साथ घर चला जाऊँगा उसने जल्दी से पत्तियां बांधीऔर वह आवाज आ रही थी उधर की ओर चल दिया पास पर उसने यह ध्यान नहीं किया की वो आया किधर से है और किधर जा रहा है!

वह उल्टा जंगल में घुसता चला गया आवाज ओर साफ़ सुनाई देने लगी तो वह ओर आगे बढ़ा उसने देखा कि दो लोग आपस में बातें कर रहे हैं ओर उनकी पीठ दिखाई दे रही है उसने उनके पास जाकर बोला क्या तुम मुझे घर जाने का कोई छोटा रास्ता बता सकते हो इतना उसने कहते ही वो दो लोग उसके सामने से ऐसे फुर्र हुए कि वहां कोई था भी या नहीं उनके गायब होते ही उसके पशीने छूट गए और वह बेहोश हो गया जब उसे होश आया तो वह क्या देखता है कि वो सपने वाला आदमी उसके सामने खड़ा है बड़ी-बड़ी लाल आंखें दांत बहार निकले हुए ऊपर से नीचे तक इतना भयानक कि वह डर गया ओर पागल सा होकर भागने लगा उसने देखा कि एक भालू उसकी ओर भागता हुआ आया ओर उसके ऊपर झपटा उसे लगा कि अब नहीं बचने वाला उसके तो होश ही उड़ गए वह एक दम बैठ गया ओर वह भालू ऊपर से निकल के नीचे गिरते ही वह आदमी बन गया उसके गाल पिचके हुए हाथ टेढ़े ओर पैर उलटे यह लम्बी दाड़ी ओर दांत होठ कटकर बहार निकले हुए राजीव तो बस उसे देख रहा था पर उसके होश ठिकाने नहीं थे!वह वहीं पर गिर पड़ा इधर घर वालों को चिंता हो रही थी कि अँधेरा हो गया राजीव अभी तक क्यों नहीं आया उसके बड़े भाई ने कहा कि अभी आता ही होगा सब लोग जब इंतज़ार करके थक चुके थे रात के १० बज चुके थे! अब उसके भाई को लगा शायद कुछ तो गड़बड़ है!कुछ लोगो ने कहा चलो ढूँढ़ते है क्या पता इतने बड़े जंगल में कहाँ क्या हो गया होगा सब लोग लाठी भाले टार्च लेकर उसे ढूँढने निकल पड़े उसका भाई अपाहिज था वह एक पैर से चलता था!इसलिए उसके पिताजी ने कहा बेटा तू यहीं रह अपनी माँ ओर बहन के पास हम लोग जाते हैं कुछ खबर होगी तो हम बताएँगे पूरी रात जंगल में ढूँढ़ते हुए हो गयी पर उसका कुछ नहीं पता चला जहाँ तक वो लोग जाते थे वहां तक सारा जंगल छान मारा मगर राजीव का कोई पता नहीं सब लोगों ने कहा कि अभी घने जंगल में जाना ठीक नहीं है!अभी सुबह होते ही चलेंगे अभी ४ बजे है अभी एक घंटे में सुबह हो जाएगी सब लोगों ने वहीं बैठ कर सुबह का इंतज़ार करने लगे थोड़ी देर बाद सुबह हो गयी सब लोगो ने कहा चलो अब चलते हैं सब लोग चल दिए आवाज लगते हुए राजीव-राजीव पर राजीव

बिचारे की भूख-प्यास के मारे वो हालत हो गयी थी की वह सुध-बुध खो बैठा था!उसे अब यह नहीं पता की मैं कहाँ पर हूँ!दो दिन हो गए राजीव का कहीं पता नहीं चला अब सब लोग परेशान थे!उधर राजीव का भाई बहुत ब्याकुल था बेचारा कुछ कर तो नहीं सकता था!

वह जाकर अपने सामने खड़े हुए नीम के पेड़ के नीचे गड्डा खोदने लगा और कहने लगा मेरा भाई आएगा-मेरा भाई आएगा वह कहे जा रहा था!दोस्तों उस नीम पर वह रोज सुबह दूध चढाते थे!उसे अपने देवता का निवास मानते थे इधर उसके भाई की पुकार सुन के उनके देवता निकल पड़े!उधर रात हो गयी थी और राजीव को उन भूतों ने घेर रखा था भाई वह खुद बता रहा था!भाई क्या बताऊँ उस रात की बातें याद करके मैं अभी भी डर जाता हूँ वहां पर इतने भूत एक साथ मैंने क्या किसी ने सपने मैं भी नहीं देखे होंगे किसी की गर्दन अलग कोई बिना आँख कान कोई डांचा मेरे चारों तरफ तांडव कर रहे थे!मैं कभी जिन्दगी मैं सोच नहीं सकता की ऐसा दिन भी आएगा!ऐसी तरह-तरह की आवाजें निकाल रहे थे सारा जंगल उनकी आवाज से गूँज रहा था!

मुझे लग रहा था की मैं अब बचने वाला नहीं हूँ!लगता हैं यह लोग मुझे मार डालेंगे मैं तो इतना डरा हुआ था की मैं रो रहा था!कि अचानक घोड़े के पैरों कि आवाज आई सब लोग इक्दुम शांत हो गए!इन सब लोगों ने आस तोड़ दी कि अब हमे राजीव नहीं मिलेगा सब लोग वापिस आ गए सारे घर मैं मातम सा छा गया इधर किसी ने कहा कि किसी भगत को बुलाओ और पता कराओ कि वो अभी तक जिन्दा है कि नहीं वो लौट आएगा कि नहीं!एक आदमी वहां के भगत को बुलाने चला गया!उधर राजीव के देवता वहां पर पहुंचे हाथ मैं तलवार घोड़े पर सवार उनको देखते ही सारे भूतभागने लगे उन्होंने एक- एक को पकड़ पकड़ के ऐसे मारा जैसे कोई हीरो फिल्म मैं एक योद्धा सब को काट देता है जैसे ही उनकी तलवार उनकी गर्दन पर पड़ती वह मिट्टी मैं मिल जाते यह सब राजीव अपनी आँखों से देख रहा था!

तब उस घुड़सवार ने कहा कि तुम अब चिंता मत करो मैं आ गया हूँ और सुबह तक कोई तुम्हें लेने आ जायेगा अब तुम बेफिक्र होकर सो जाओ उनके आने से मेरा सारा डर खत्म हो गया और मैं आराम से सो गया!इधर भगत जी आये उन्होंने अपना ध्यान लगाकर देखा और कहा कि तुम्हारा लड़का सही सलामत है! और कल आ जायेगा तुम्हें चिंता करने कि कोई जरूरत नहीं है वहां पर तुम्हारे देवता पहले ही वहां पहुँच चुके हैं!और राजीव का भाई अभी वहीं पर बैठा है और कहे जा रहा है मेरा भाई आएगा!वह किसी की भी बात नहीं मान रहा है जो भी उसे वहां से उठाने को जाता वो उसे धकेल देता था!

सुबह उसकी आँख खुली तो वहां पर एक आदमी ने उसे पुछा की तुम कहाँ से आये हो और कहाँ जाना है मैं तुम्हें तुम्हारे घर पहुंचा देता हूँ और वह अपनी साईकिल पर बिठा कर उसे उसके घर छोड़ दिया घर वालों को देखकर वो ऐसा रोया कि वह बेहोश हो गया तीन दिन का भूखा प्यासा कमजोर हो गया था!फिर उसे अस्पताल ले गए वहां वो दो-तीन दिन बाद ठीक हो गया

2
रात की सवारी

रात के दो बज रहे थे. जोरों की बारिश हो रही थी. घना अँधेरा था. बादल रह-रहकर गरज रहे थे. थोड़ी-थोड़ी देर पर बिजली चमकती तो आस-पास की चीजें दिखाई पड़ती थीं अन्यथा हाथ को हाथ दिखना भी मुश्किल लग रहा था. झारखंड के घाटशिला स्टेशन के बाहर रामदीन अपना ऑटो लगाये सवारी का इंतजार कर रहा था.

इस मौसम में सवारी मिलने की उम्मीद कम थी फिर भी हो सकता था कुछ देर बाद आनेवाली ट्रेन से कोई सवारी आ जाये. करीब एक घंटे बाद ट्रेन आई. थोड़ी देर बाद बिजली चमकने पर एक 18 -१९ वर्ष की मॉडर्न सी लड़की कंधे पर एक बैग लटकाए बाहर निकलती दिखी. वह सीधे उसके ऑटो के पास पहुंची और मुसाबनी चलने को कहा. रामदीन ने कहा कि रात का वक़्त है इसलिए वहां चलने पर पांच सौ रूपये लूँगा. नहीं तो दो चार घंटे इंतज़ार कर लीजिये सुबह सौ रुपये में ले चलूँगा. लड़की बोली-अभी दो सौ रुपये रखो बाकी वहां पहुँच कर दूंगी. और ऑटो पर बैठ गयी.

रामदीन ने ऑटो बढ़ा दिया. करीब आधा घंटे बाद वह गंतव्य तक पहुंचा. एक माकन के बाहर लड़की ने गाड़ी रुकवाई और घर से पैसे लेन की बात कहकर अन्दर चली गयी. काफी देर तक वह नहीं लौटी तो रामदीन अकेले बैठे-बैठे परेशां हो गया. उसने घर का दरवाजा खटखटाया काफी देर बाद एक बूढ़े ने आँखे मलते हुए दरवाजा खोला. उसने पूछा-कौन हो तुम और इतनी रात को किसलिए आये हो?

रामदीन बोला-जो में साहब थोड़ी देर पहले आई हैं उन्होंने मेरा पूरा भाडा नहीं दिया है.

बूढ़े ने आश्चर्य से उसकी और देखा. बोला-यहाँ तो कोई में साहब नहीं रहतीं. मैं अकेला रहता हूँ.

रामदीन की नज़र एक फोटो पर पड़ी. उसने कहा-यही मेमसाहब तो आई थीं. उन्हें स्टेशन से लेकर आया हूँ.

बूढ़े ने उसे आश्चर्य से देखा फिर बोला-इस लड़की को मरे आठ साल हो गए. देखो फोटो पर माला डाला हुआ है. ये मेरी पोती थी. ये कैसे आ सकती है? रामदीन के होश उड़ गए. वह चुपचाप अपने ऑटो के पास पहुंचा. उसने देखा कि सीट पर सौ-सौ के तीन नोट रखे थे. उसने नोट जेब में रखा और वहां से बेतहाशा भागा. उस दिन से उसने रात में ऑटो चलाना छोड़ दिया.

3

अघोरी साधुओ की रहस्यमयी दुनिया

- अघोरी साधुओ की रहस्यमयी दुनिया

अगोरी बाबा हिन्दू धर्म के अघोर समुदाय से संबंध रखते है जो शिवजी के पूजा करते है | ये समुदाय बहुत ही कम मात्रा में है लेकिन जो है वो अपनी अनोखे व्यवहार , एकान्तप्रियता व् रहस्मय कार्यो के कारण बहुत प्रचलित है अगोरी लोगो Aghori Baba को इंसानों से दूर श्मशान घाटों , जंगलो या निर्जन स्थानों पर रहना ज्यादा पसंद होता है | क्यूंकि जहा लोगो की जिंदगी खत्म हो जाती है वही से इन काली दुनिया के बादशाह अघोरी लोगो का जीवन शुरू होता है | ये लोग शव साधना को ही अपना मूल कर्तव्य मानते है अघोर संप्रदाय के साधक नर मुंडों की माला पहनते हैं और नर मुंडों को पात्र के तौर पर प्रयोग भी करते हैं। चिता के भस्म का शरीर पर लेपन और चिताग्नि पर भोजन पकाना इत्यादि सामान्य कार्य हैं। इनका असली रहस्य तो आज तक कोई नहीं जान पाया है | ये लोग मुर्दों में भगवान् पूजते है |

ये लोग मदिरापान व् मृतुक के मांस के शौक़ीन होते है जिसे ये खोपड़ी की बने प्याले में खाते और पीता है | क्यूंकि अघोरी लोग इस तरह खोपड़ी में खान पीना अघोरी कर्म में आता है तथा ये सारे कर्म करने वाला ही सच्चा अघोरी कहलाता है |ये लोग कच्चा मांस खाने से भी पऑरहेज़ नहीं करते है | ये लोग प्रतिदिन जलती चिताओं से मृतक के अधजले हिस्सों को खाने का काम करते है |

वाराणसी या काशी को भारत के सबसे प्रमुख अघोर स्थान के तौर पर मानते हैं। भगवान शिव की स्वयं की नगरी होने के कारण यहां विभिन्न अघोर साधकों ने तपस्या भी की है। यहां बाबा कीनाराम का स्थल एक महत्वपूर्ण तीर्थ भी है। काशी के अतिरिक्त गुजरात के जूनागढ़ का गिरनार पर्वत भी एक महत्वपूर्ण स्थान है। जूनागढ़ को अवधूत भगवान दतात्रेय

के तपस्या स्थल के रूप में जानते हैं।

अगोर समुदाय को करीब से जानने के लिए आज तक ने ऐसी जगहों पे जाकर उनका लाइव फुटेज बनाया जो इनके लिए काफी कठिन कार्य था | अगोरी कहते है की हम आत्माओ से बात कर सकते है |इस तरह संसार में इस तरह के विविध प्रकार के लोग संसार में सिर्फ भारत में ही देखने को मिलता है |

4

एक ऐसी प्रेम कहानी जिसे भुला दिया गया

- एक ऐसी प्रेम कहानी जिसे भुला दिया गया

भारत कई अनूठी कहानियों और घटनाओं का साक्षी रहा है. यहां हर मोड़ पर कुछ ना कुछ ऐसा सुनने को जरूर मिल जाता है जो आपको हैरान कर देता है कि क्या वाकई ऐसा हो सकता है.आज हम आपको ऐसे ही एक स्थान के बारे में बताने जा रहे हैं जो अपनी अमर प्रेम कहानी के लिए जाना जाता है. ऐसी कहानी जो आज कई सदियों बाद भी ना सिर्फ याद की जाती है बल्कि आज के भौतिकवाद से ग्रस्त समाज में जहां प्यार को बस एक खेल की तरह खेला जा रहा है वहां प्यार के उस एहसास से रूबरू करवाती है जिसके लिए कभी लोग अपनी जान तक दे दिया करते थे.

यह कहानी मांडू की रानी रूपमती और बाज बहादुर की है. इतिहास के पन्नों में दर्ज मांडू (मध्य प्रदेश) स्थित रानी रूपमती का महल एक समय पहले तक बेहद खूबसूरत हुआ करता था, इतना कि कोई भी उसे देखकर अपनी आंखों पर विश्वास ना कर पाए कि क्या वाकई कोई इमारत इतनी बेहतरीन हो सकती है. इस महल के ऊपर मंडप बने हुए थे जहां बैठकर पूरा राज्य नजर आता था.

यह महल 365 मीटर ऊंची और सीधी खड़ी चट्टान पर स्थित है जिसका निर्माण बाज बहादुर ने करवाया था. ऐतिहासिक कहानियों के अनुसार रानी रूपमती सुबह-शाम मंडप पर बैठर सामने बहने वाली खूबसूरत नर्मदा नदी को देखा करती थी. महल के नीचे की ओर एक और महल है जिसे बाज बहादुर महल कहा जाता है और इस महल से रानी रूपमती का मंडप बहुत खूबसूरत नजर आता था. ऐसा माना जाता है कि जब रानी मंडप में होती थी, तब बाज बहादुर अपने महल के झरोखे से रूपमती को घंटों निहारा करता था.

सन 1561 की बात है जब मुगल बादशाह अकबर के सेनापति आदम खां ने मांडू पर आक्रमण कर बाजबहादुर को पराजित कर दिया और रानी रूपमती को अगवा कर लिया. रानी रूपमती ने आदम खां के समक्ष समर्पण नहीं किया और अपनी जान दे दी.इस घटना के बाद रानी रूपमती और बाज बहादुर की प्रेम कहानी अमर हो गई और अकबर ने ही इन दोनों की प्रेम कहानी को लिखित रूप प्रदान करवाया.

मांडू में ना सिर्फ रानी रूपमती का महल चर्चा बटोरता है बल्कि यहां कई और भी स्थान हैं जो अपनी खूबसूरती के लिए मशहूर हैं. मांडू की मस्जिदें भारतीय इस्लामी स्थापत्य कला की बेजोड़ उदाहरण हैं. इसके अलवा दो अन्य महल, जहाज महल और हिंडोला महल भी सौंदर्य के उत्कृष्ट नमूने हैं.

मांडू स्थित अशर्फी महल की कहानी भी अजीब है. होशंगशाह ने सोने की अशर्फियों से इस महल का निर्माण करवाया था, जिसकी वजह से इसे अशर्फी महल का नाम दिया गया. मांडू की इसी भव्यता से प्रभावित होकर मुगल सम्राट जहांगीर यहां कई महीनों तक रहा और चप्पे-चप्पे का विचरण किया. उसने अपने प्रवास के दौरान कई भवनों का ना सिर्फ निर्माण करवाया बल्कि कई पुरानी इमारतों की मरम्मत भी करवाई.

वर्ष 1732 में मल्हार राव के नेतृत्व वाली मराठा सेना ने मांडू के मुगल गवर्नर को पराजित कर इस राज्य पर कब्जा कर लिया, तब से लेकर राजशाही के अंत तक मांडू पर मराठों का ही राज रहा. आजादी के बाद जब मांडू की रियासत पर सरकार का आधिपत्य हुआ तब यहां मालवा पर्यटन रिसॉर्ट बनाया गया. मांडू की खूबसूरती का कोई सानी नहीं है यही वजह है कि आज यहां हर साल देश-विदेश के कई सैलानी आते हैं.

5
चुड़ैल की शादी

- चुड़ैल की शादी

उस समय रमेश की उम्र कोई 22-23 साल थी और आप लोगों को तो पता ही है कि गाँवों में इस उम्र में लोग बच्चों के बाप बन जाते हैं मतलब परिणय-बंधन में तो बँध ही जाते हैं। हाँ तो रमेश की भी शादी हुए लगभग 4-5 साल हो गए थे और ढेड़-दो साल पहले ही उसका गौना हुआ था। उस समय रमेश घर पर ही रहता था और अपनी एम.ए. की पढ़ाई पूरी कर रहा था। यह घटना जब घटी उस समय रमेश एक 20-25 दिन की सुंदर बच्ची का पिता बन चुका था। हाँ एक बात मैं आप लोगों को बता दूँ कि रमेश की बीबी बहुत ही निडर स्वभाव की महिला थी। यह गुण बताना इसलिए आवश्यक था कि इस कहानी की शुरुवात में इसकी निडरता अहम भूमिका निभाती है। एक दिन की बात है कि रमेश की बीबी ने अपनी निडरता का परिचय दिया और अपनी नन्हीं बच्ची (उम्र लगभग एक माह से कम ही) और रमेश को बिस्तर पर सोता हुआ छोड़ चार बजे सुबह उठ गई। (गाँवों में आज-कल तो लोग पाखाना-घर बनवाने लगे हैं पर 10-12 साल पहले तक अधिकतर घरों की महिलाओं को नित्य-क्रिया (दिशा-मैदान) हेतु घर से बाहर ही जाना पड़ता था और घर की सब महिलाएँ नहीं तो कम से कम दो एक साथ घर से बाहर निकलती थीं। ये महिलाएँ सभी लोगों के जगने से पूर्व ही (बह्म मुहूर्त में) जगकर खेतों की ओर चली जाती थीं।) ऐसा नहीं था कि रमेश की बीबी पहली बार चार बजे जगी थी,

अरे भाई वह प्रतिदिन चार बजे ही जगती थी पर निडरता का परिचय इसलिए कह रहा हूँ कि और दिनों की तरह उसने घर के किसी महिला सदस्य को जगाया नहीं और अकेले ही दिशा मैदान हेतु घर से बाहर निकल पड़ी। (दरअसल गाँव में लड़कोरी महिला (जच्चा) जिसका बच्चा अभी 6 महीना तक का न हुआ हो उसको अलवाँती बोलते हैं और ऐसा कहा जाता है कि ऐसी महिला पर भूत-प्रेत की छाया जल्दी पड़ जाती है या भूत-प्रेत ऐसी महिला को जल्दी चपेट में ले लेते हैं।

इसलिए ये अलवाँती महिलाएँ जिस घर में रहती हैं वहाँ आग जलाकर रखते हैं या कुछ लोग इनके तकिया के नीचे चाकू आदि रखते हैं।) खैर रमेश की बीबी ने अपनी निडरता दिखाई और वह निडरता उसपर भारी पड़ी . वह अकेले घर से काफी दूर खेतों की ओर निकल पड़ी। हुआ यह कि उसी समय पंडीजी के श्रीफल (बेल) पर रहनेवाली चुड़ैल उधर घूम रही थी और न चाहते हुए भी उसने रमेश की बीबी पर अपना डेरा डाल दिया।

हाँ फर्क सिर्फ इतना था कि वह पहले दूर-दूर से ही रमेश की बीबी का पीछा करती रही पर अंततः उसने अपने आप को रोक नहीं पाई और ज्यों ही रमेश की बीबी घर पहुँची उस पर सवार हो गई। रमेश भी लगभग 5 बजे जगा और भैंस आदि को चारा देने के लिए घर से बाहर चला गया। जब वह घर में वापस आया तो अपनी बीबी की हरकतों में बदलाव देखा। उसने देखा कि उसकी बच्ची रो रही है पर उसकी बीबी आराम से पलंग पर बैठकर पैर पसारे हुए कुछ गुनगुना रही है।

रमेश एकबार अपनी रोती हुई बच्ची को देखा और दूसरी बार दाँत निपोड़ते और पलंग पर बेखौफ बैठी हुई अपनी बीबी को। उसको गुस्सा आया और उसने बच्ची को अपनी गोद में उठा लिया और अपनी बीबी पर गरजा, बच्ची रो रही है और तुम्हारे कान पर जूँ तक नहीं रेंग रही है।

अरे यह क्या रमेश की बीबी ने तो रमेश के इस गुस्से को नजरअंदाज कर दिया और अपने में ही मस्त बनी रही। रमेश का गुस्सा और बढ़े इससे पहले ही रमेश की भाभी वहाँ आ गईं और रमेश की गोदी में से बच्ची को लेते हुए उसे बाहर जाने के लिए कहा।

अरे यह क्या रमेश का गुस्सा तो अब और भी बढ़ गया, उसे समझ में नहीं आ रहा था कि आज क्या हो रहा है, जो औरत (उसकी बीबी) अपने से बड़ों के उस घर में आते ही पलंग पर से खड़ी हो जाती थी वही बीबी आज उसके भाभी के आने के बाद भी पलंग पर आराम से बैठे मुस्कुरा रही है।

खैर रमेश तो कुछ नहीं समझा पर उसकी भाभी को सबकुछ समझ में आ गया और वे हँसने लगी। रमेश को अपनी भाभी का हँसना मूर्खतापूर्ण लगा और वह अपने भाभी से बोल पड़ा, अरे आपको क्या हुआ? ये उलटी-पुलटी हरकतें कर रही है और आप हैं कि हँसे जा रही हैं। रमेश के इतना कहते ही उसकी भाभी ने उसे मुस्कुराते हुए जबरदस्ती बाहर जाने के लिए कहा और यह भी कहा कि बाहर से दादाजी को बुला लीजिए।

भाभी के इतना कहते ही कि दादाजी को बुला लाइए, रमेश सब समझ गया और वह बाहर न जाकर अपनी बीबी के पास ही पलंग पर बैठ गया। इतने ही देर में रमेश के घर की सभी महिलाएँ वहाँ एकत्र हो गई थीं और अगल-बगल के घरों के भी कुछ नर-नारी।

अरे भाई गाँव में इन सब बातों को फैलते देर नहीं लगती और तो और अगर बात भूत-प्रेत की हो तो और भी लोग मजे ले लेकर हवाईजहाज की रफ्तार से खबर फैलाते हैं। हाँ तो अब मैं आप को बता दूँ कि रमेश के कमरे में लगभग 10-12 मर्द-औरतों का जमावड़ा हो चुका था और रमेश ने भी सबको मना कर दिया कि यह खबर खेतों की ओर गए दादाजी के कान तक

नहीं पहुँचनी चाहिए। दरअसल वह अपने आप को लोगों की नजरों में बहुत बुद्धिमान और निडर साबित करना चाहता था।

वह तनकर अपनी बीबी के सामने बैठ गया और अपनी बीबी से कुछ जानने के लिए प्रश्नों की बौछार शुरु कर दी। रमेश, कौन हो तुम? रमेश की बीबी कुछ न बोली केवल मुस्कुराकर रह गई। रमेश ओझाओं की तरह फिर गुर्राया, मुझे ऐसा-वैसा न समझ। मैं तुमको भस्म कर दूँगा। रमेश की बीबी फिर से मुस्कुराई पर इस बार थोड़ा तनकर बोली, तुम चाहते क्या हो?

बहुत सारे लोगों को वहाँ पाकर रमेश थोड़ा अकड़ेबाजों जैसा बोला, तुममत बोल। मेरे साथ रिस्पेक्ट से बातें कर। तुम्हें पता नहीं कि मैं ब्राह्मण कुमार हूँ और उसपर भी बजरंगबली का भक्त। रमेश के इतना कहते ही उसकी बीबी (चुड़ैल से पीड़ित) थोड़ा सकपकाकर बोली, मैं पंडीजी के श्रीफल पर की चुड़ैल हूँ।

अपने बीबी के मुख से इतना सुनते ही तो रमेश को और भी जोश आ गया। उसे लगने लगा कि अब मैं वास्तव में इसपर काबू पा लूँगा। वहाँ खड़े लोग कौतुहलपूर्वक रमेश और उसकी बीबी की बातों को सुन रहे थे और मन ही मन प्रसन्न हो रहे थे, अरे भाई मनोरंजन जो हो रहा था उनका। रमेश फिर बोला, अच्छा। पर तूने इसको पकड़ा क्यों? तुमके पता नहीं कि यह एक ब्राह्मण की बहू है और नियमित पूजा-पाठ भी करती है। रमेश की चुड़ैल पीड़ित बीबी बोली, मैंने इसको जानबूझकर नहीं पकड़ा। इसको पकड़ना तो मेरी मजबूरी हो गई थी। यह इस हालत में अकेले बाहर गई क्यों?

खैर अब मैं जा रही हूँ। मैं खुद ही अब अधिक देर यहाँ नहीं रह सकती। रमेश अपने बीबी की इन बातों को सुनकर बोला, क्यों क्या हुआ?डर गई न मुझसे। रमेश के इतना कहते ही फिर उसकी बीबी मुस्कुराई और बोली, तुमसे क्या डर। मैं तो उससे डर रही हूँ जो इस घर पर लटक रहा है और मुझे जला रहा है। अब उसका ताप मुझे सहन नहीं हो रहा है। (दरअसल बात यह थी कि रमेश के घर के ठीक पीछे एक पीपल का पेड़ था और गाँववाले उस पेड़ को बाँसदेव बाबा कहते थे। लोगों का विश्वास था कि इस पेड़ पर कोई अच्छी आत्मा रहती है और वह सबकी सहायता करती है।

कभी-कभी तो लोग उस पीपल के नीचे जेवनार आदि भी चढ़ाते थे। और हाँ इस पीपल की एक डाली रमेश के घर के उसी कमरे पर लटकती रहती थी जिसमें रमेश की बीबी रहती थी।) चुड़ैल (अपनी बीबी) की बात सुनकर रमेश हँसा और बोला, जा मत यहीं रह जा। जैसे हमारी एक बीबी है वैसे ही तुम एक और। रमेश के इतना कहते ही वह चुड़ैल हँसी और बोली, यह संभव नहीं है पर तुम मुझसे शादी क्यों करना चाहते हो?

रमेश बोला, अरे भाई गरीब ब्राह्मण हूँ। कुछ कमाता-धमाता तो हूँ नहीं। तूँ रहेगी जो थोड़ा धन-दौलत लाती रहेगी।

रमेश के इतना कहते ही वह चुड़ैल बोली, तुम बहुत चालू है। और हाँ यह भी सही है कि हमारे पास बहुत सारा धन है पर उसपर हमारे लोगों का पहरा रहता है अगर कोई इंसान वह धन लेना चाहे तो हमलोग उसका अहित कर देती हैं। हाँ और एक बात, और वह धन तुम

जैसे जीवित प्राणियों के लिए नहीं है।

रमेश अब थोड़ा शांत और शालीन स्वभाव में बोला, अच्छा ठीक है, तुम जरा कृपा करके एक बात बताओ, ये भूत-प्रेत क्या होते हैं, क्या तुमने कभी भगवान को देखा है, आखिर तुम कौन हो, क्या पहले तुम भी इंसान ही थी? चुड़ैल भी थोड़ा शांत थी और शांत थे वहाँ उपस्थित सभी लोग। क्योंकि सबलोग इन प्रश्नों का उत्तर जानना चाहते थे।

चुड़ैल ने एक गहरी साँस भरा और कहना आरंभ किया, भगवान क्या है, मुझे नहीं मालूम पर कुछ हमारे जैसी आत्माएँ भी होती हैं जिनसे हमलोग बहुत डरते हैं और उनसे दूर रहना ही पसंद करते हैं। हमलोग उनसे क्यों डरती हैं यह भी मुझे पता नहीं। वैसे हमलोग पूजा-पाठ करनेवाले लोगों के पास भी भटकना पसंद नहीं करते और मंत्रों आदि से भी डरते हैं। रमेश फिर पूछा, खैर ये बताओ कि तुम इसके पहले क्या थी? तुम्हारा घर कहाँ था, तुम चुड़ैल कैसे बन गई। चुड़ैल ने रमेश की बातों को अनसुना करते हुए कहा, नहीं, नहीं...अब मैं जा रही हूँ। अब और मैं यहाँ नहीं रूक सकती। वे आ रहे हैं। चुड़ैल के इतना कहते ही कोई तो कमरे में प्रवेश किया और रमेश को डाँटा, रमेश। यह सब क्या हो रहा है?क्या मजाक बनाकर रखे हो?

रमेश कुछ बोले इससे पहले ही क्या देखता है कि उसकी बीबी ने साड़ी का पल्लू झट से अपने सर पर रख लिया और हड़बड़ाकर पलंग पर से उतरकर नीचे बैठ गई और धीरे-धीरे मेरी बेटी-मेरी बेटी कहते हुए रमेश की भाभी की गोद में से बच्ची को लेकर दूध पिलाने लगी।

रमेश ने एक दृष्टि अपने दादाजी की ओर डाला और मन ही मन बुदबुदाया, आप को अभी आना था। सब खेल बिगाड़ दिए।आधे घंटे बाद आते तो क्या बिगड़ जाता ।

6

कराची के 39 ब्लाक

- कराची के 39 ब्लाक

पाकिस्तान में इस्लामाबाद से 296 किमी और मिंवाली से 50 किमी की दूरी पर स्थित कलाबाघ बाँध और नमक की मिल को पाकिस्तान के सर्वाधिक प्रेतबाधित स्थानों में माना जाता है |

यहा के लोगो का मानना है कि यहाँ मोटे शरीर वाली, नाटी और लम्बे बालो वाली एक महिला वहा से गुजरने वाले लोगो पर हमला कर देती है इसी तरह कराची के 39 ब्लाक में रात को 3 बजे के करीब सफ़ेद साड़ी पहने औरत एक मिनट के लिए दिखती है और फिर गायब हो जाती है ऐसा माना जाता है इसी समय पर उस औरत को अगुआ कर क़त्ल कर दिया गया था | कराची के ही लिआरी में भी इसी तरह एक आदमी को जख्मी देखा जाता है जो वहा पहुचते ही गायब हो जाता है लाहौर में भी डिफेन्स ब्लाक में सफ़ेद साड़ी में लडकी की आत्मा को देखा जाता है और कुछ लोग मानते है कि वह के z ब्लाक में कुछ घर प्रेतबाधित है कई लोगो ने वहा रहने की कोशिश की लेकिन वहा होने वाली परनोर्मल एक्टिविटी से सभी लोगो ने उस जगह को खाली कर दिया

7

काली जुबान का अभिशाप

- काली जुबान का अभिशाप

मित्रो आपने काली जुबान शब्द सुन रखा होगा | अक्सर कभी किसी के बोलने से कुछ अशुभ हूँ जाता है तो उस इन्सान को काली जुबान वाला इन्सान कहते है और उसे समाज में हीन भावना से देखा जाता है | दोस्तों आज का हमारा किस्सा इसी बात पर आधारित है | राजस्थान के भीलवाड़ा जिले के एक गाँव में लता नाम की औरत रहती है | उसकी शादी तो उसके घरवालो ने बचपन में ही कर दी थी और उसके तीन बच्चे है

| उसको उसके ससुराल वाले तो बहुत प्यार से रखते थे लेकिन गाँव वाले उस पर किसी प्रेत आत्मा का साया बताते थे | गाँव वाले उससे अक्सर दूर ही रहते क्यूंकि वो जो भी बोलती वो सच हो जाता था | लता के मायके में उसके पड़ोसी बताते है कि बचपन में लता को एक कुते ने काट लिया तो लता ने अचानक मुह से कुते के लिए बद्दुआ निकली कि इस कुते को मौत क्यों नहीं आ जाती | अगले दिन हुआ भी कुछ ऐसा और वो कुता गली के बाहर मरा हुआ पड़ा था | तब से गाँव वालो में दहशत फ़ैल गयी | दूसरी घटना तो इतनी भयानक थी कि लोग लता को डायन कहने लग गए ऐसे ही एक बार बचपन में लता का एक दिन तवे से हाथ जल गया | हाथ जलने से वो जोर से चीखने , चिल्लाने और रोने लगी | उस दिन घर वाले सब खेत गए थे |

उसकी बड़ी बहन घर पर ही थी | वो दौडकर अंदर आयी और अपनी बहन का घाव देखा तो वो बोली बस इतना सा जल जाने पर क्यों इतना मुह फाडकर रो रही है लता को उसकी इस बात पर गुस्सा आया और बोली तुझको आग लगे तब पता चले कि कितना दर्द होता है फिर होना क्या था अनहोनी होने में क्या देर थी | उसी रात घर के पास पड़े चारे में आग लगने से उसकी लपटे घर पर भी आ गयी | और उन लपटों में केवल लता की बहन ही जली बाकि सब बच गए | काफी ज्यादा जल जाने की वजह से कुछ ही दिनों में उसकी मौत हो गयी | इस घटना के बाद से लोग उसे चुड़ैल कहकर पुकारने लगे | ऐसी और कई घटनाओ को लता

के परिवार ने सहा | लेकिन आखिर बेटी को कैसे बाहर निकाल सकते है ये सोचकर चुप रहे | बचपन में ही दस साल की उम्र में उसकी शादी करवा दी गयी | लता का पति पेशे से ड्राईवर है और वो रोज उसे माता के मंदिर में ले जाता है ताकि काली शक्तिया उस पर हावी ना हो पाए |

लता अपनी कली जुबान के अभिशाप से अभी भी झुझ रही है और अक्सर चुप ही रहती है | पता नहीं कभी कौनसी बात मुह से निकल जाए और उसके पति और ससुराल वालो को कोई नुकसान पहुचे |

8

आत्मा

- आत्मा

यह घटना सन 1958 में घटित हुई थी | उस समय में चिकित्सा सुविधा बहुत ही कमजोर हुआ करती थी | यूपी के मुज्जफरनगर के रसूलपुर गाँव में एक चौधरी गिरधरसिंह नाम का एक आदमी रहा करता था |

उसके एक तीन साल का बच्चा था | उसे चेचक हो गया और काफी इलाज करने के बाद भी वो जिन्दा नहीं बच सका | रात में उसकी मौत होने से सुबह उसके अंतिम संस्कार करने का निर्णय किया | उसी रात को मुज्जफरनगर के एक दुसरे गाँव में शोभाराम नाम के एक आदमी की बैलगाड़ी के पहिये के नीचे आ जाने से मौत हो गयी | उसको अस्पताल ले जाते वक़्त रास्ते में ही उसकी मौत हो गयी |

मृतक के घरवालो ने उसका दाह संस्कार कर दिया | दुसरी तरफ जब रसूलपुर में उस मृत बच्चे को दफन करने के लिए जंगल जाने लगे | अचानक रास्ते में उसके शरीर में हलचल हुई और वो उठकर खड़ा हो गया | लोग ये देखकर दंग रह गए | लेकिन बाद में उसको जिन्दा देखकर सभी खुश हो गए | लेकिन लोगो को ये पता नहीं था कि उस बच्चे के शरीर को किसी और की आत्मा ने जकड़ रखा था | उस तीन साल के बच्चे में 23 साल के शोभाराम की आत्मा घुस चुकी थी | वो अलग जगह पर आकर बहुत परेशान हो रहा था और खाना खाने से मना कर रहा था लेकिन बड़ी मुश्किल से समझाकर उसको खाने के लिए राजी किया | एक दिन वो बच्चा अपनी माँ के साथ उसके ननिहाल जा रहा था कि अचानक रास्ते में वो जगह आयी जहा शोभाराम की मौत हुई थी |

उस बच्चे ने इशारा करके बताया कि ये रास्ता उसके गाँव की और जाता है उसकी माँ उसकी बातों को अनसुना कर उसके ननिहाल चली गयी | उसके ननिहाल में आत्माराम के गाँव का एक आदमी जगन्नाथ किसी काम से आया | आत्माराम की आत्मा ने उसको पहचान कर उसे आवाज़ लगाई | जगन्नाथ को बच्चे के मुह से अपना नाम सुनकर अचम्भा

हुआ | जगन्नाथ के पूछने पर उस बच्चे ने उसका पूरा इतिहास बता दिया और बोला कि मेरी मौत से पहले ही तुम लोगो ने मुझे जला दिया और इस बच्चे के खाली शरीर को देखकर इसमें रहने लग गया जब जगन्नाथ ने ये बात अपने गाँव में बताई तो उसके पुरे परिवार के आत्माराम से मिलने चल दिए | उस बच्चे ने सबको पहचान लिया और वो उनके साथ उसके गाँव चल दिया |

और उसने वापस रसलपुर आने से मना कर दिया लेकिन लोगो के समझाने पर मान गया | इस तरह वो दो परिवारों को साथ लेकर चलता रहा | इस कहानी से हमे ये पता चलता कि यदि कम उम्र में किसी की मौत हो जाती है तो वो अपनी अधूरी इच्छाओ को पूरा करने के लिए किसी के शरीर को इसका जरिया बना सकती है | दोस्तों मै आपको बताना चाहता हु कि ये तो केवल कहानी है लेकिन हकीकत में ऐसे कुछ मामले होते है जिनको कोई पहचान नहीं पाता है | इस कहानी में आपको थोड़ी सी भी सच्चाई लगे तो कमेंट के जरिये अपना विचार लिखना ना भूले

9

परमात्मा का स्वरूप

- परमात्मा का स्वरूप

हरि, हर आदि बड़े – बड़े पुरुष व स्रष्टि के सभी प्राणी जिनकी वंदना करते हैं, वह ही परमात्मा है।

जिसके सफेद काला आदि वर्ण, दुर्गन्ध, सुगन्ध आदि गंध, कड़वा,मीठा, खट्टा, आदि रस, ठंडा, गर्म, रूखा, कठोर, कोमल, आदि स्पर्श तथा जन्म व मरण नहीं है वही चिदानंदस्वभाव परमात्मा है।

जिसके क्रोध नहीं, मोह तथा कुल जाति आदि का अभिमान नहीं वही निरंजन परमात्मा है। जिसके पुण्य-पाप , राग-द्वेष नहीं, भूख-प्याष आदि एक भी दोष नहीं, वही परमात्मा है।

जिस शुद्ध आत्म स्वभाव में इन्द्रिय से उत्पन्न सुख-दुःख- नहीं, सोचने-विचारने का कोई व्यापार नहीं, वही शुद्धआत्मा अर्थात परमात्मा है ।

जो निर्मल ध्यान का विषय है, जिसको देखने से पूर्व में किये समस्त पाप नष्ट हो जाते हैं, वही परमात्मा है।

जन्म- मरण, लाभ-हानि, सुख-दुःख, शत्रु-मित्र में समान भाव रखनेवाले पुरुषों के मन में जो कुछ प्रकट होता है, वही परमात्मा है । जिसके ना बंध है ना संसार है तथा जो आत्मा सिद्धालय में रहती है वही परमात्मा है । जो केवल दर्शन और केवल ज्ञानमयी है, जिसका केवल सुख स्वभाव है और अनंत वीर्यवाला है वह ही परमात्मा है ।

जैसी निर्मल ज्ञानमय आत्मा सिद्धालय में रहती है वैसी ही निर्मल ज्ञानमय आत्मा देह में रहती है । इन दोनों में कोई भेद नहीं है । जैसे अनंत आकाश में एक नक्षत्र ही समस्त संसार को प्रकाशित करता है उसी प्रकार परमात्मा के केवलज्ञान में तीनों लोक दर्पण के समान प्रकाशित हैं।

10

श्मशान साधना

- श्मशान साधना

आधी रात के बाद का समय। घोर अंधकार का समय। जिस समय हम सभी गहरी नींद के आगोश में खोए रहते हैं, उस समय घोरी-अघोरी-तांत्रिक श्मशान में जाकर तंत्र-क्रियाएं करते हैं। घोर साधनाएं करते हैं। आखिर क्या होता है आधी रात के बाद श्मशान में। हमारे मन में कई बार यह सवाल आए। आपके दिमाग में भी ऐसे ही कई सवालात होंगे। तो चलिए इस बार ढूंढें इसी अनसुलझे सवाल का जवाब।

इन्होंने बताया अघोरी श्मशान घाट में तीन तरह से साधना करते हैं- श्मशान साधना, शिव साधना, शव साधना। शव साधना के चरम पर मुर्दा बोल उठता है और आपकी इच्छाएं पूरी करता है। इस साधना में आम लोगों का प्रवेश वर्जित रहता है।

ऐसी साधनाएं अक्सर तारापीठ के श्मशान, कामाख्या पीठ के श्मशान, त्र्यम्बकेश्वर और उज्जैन के चक्रतीर्थ के श्मशान में होती है। शिव साधना में शव के ऊपर पैर रखकर खड़े रहकर साधना की जाती है। बाकी तरीके शव साधना की ही तरह होते हैं। इस साधना का मूल शिव की छाती पर पार्वती द्वारा रखा हुआ पांव है। ऐसी साधनाओं में मुर्दे को प्रसाद के रूप में मांस और मदिरा चढ़ाया जाता है। शव और शिव साधना के अतिरिक्त तीसरी साधना होती है

श्मशान साधना, जिसमें आम परिवारजनों को भी शामिल किया जा सकता है। इस साधना में मुर्दे की जगह शवपीठ की पूजा की जाती है। उस पर गंगा जल चढ़ाया जाता है। यहां प्रसाद के रूप में भी मांस-मंदिरा की जगह मावा चढ़ाया जाता है। जानकारी मिलने के बाद हमने एक और अघोरी से संपर्क किया। चंद्रपाल नामक यह अघोरी हमें शव साधना दिखाने के लिए तैयार हो गया, लेकिन कहा कि जब मेरा शिष्य आपसे कहे, तब आप वहां से चले जाना। इसके बाद हम उस अघोरी के साथ उज्जैन के शिप्रा किनारे के श्मशान घाट गए। वहां अघोरी के शिष्य ने एक चिता का प्रबंध कर रखा था।

11
नीली आँखें

- नीली आँखें

बात तब की है जब मैं 3 या 4 साल का रहा होऊंगा! उस समय हम गाँव में ही रहते थे! मुझे रोज रात को खिड़की के बाहर एक औरत दिखाई देती थी! उसने सफ़ेद साड़ी पहनी हुई होती थी और उसकी आँखें नीली होती थी! वह मुझे बुलाती थी! मैं बहुत डर जाता था और अपनी माँ को पकड़ कर सो जाता था! कुछ दिनों में हम अपने पिताजी के साथ शहर में रहने लगे! गाँव का घर खाली हो गया! हमारा गाँव जाना भी कम होने लगा! अब केवल शादी ब्याह में गाँव जाना होता! वह भी केवल मेरे माता पिता ही जाते! मैं अपने गाँव के बारे में लगभग सबकुछ भूल चुका था! रात में दिखने वाली उस औरत को भी मैं सपना समझने लगा था! मेरे चाचा के लडके की शादी थी! मैं करीब 15- 16 साल बाद गाँव गया था! हमने अपना घर भी साफ़ करवा रखा था! हम अपने घर में ही रुके थे! एक रात अचानक मेरी नींद खुली! मैने खिड़की से बहार देखा तो मुझे वही औरत नज़र आई! उसकी नीली आँखें चमक रही थी और वो मुझे पहले की तरह बुला रही थी! मुझे ऐसा लग रहा था जैसे मेरा बचपन का कोई डरावना सपना सच हो गया हो!

मैं काफी डर गया और भगवन को याद करने लगा! मैंने जल्दी से खिड़की बंद कर दी! उस रात मुझे नींद नहीं आई! मैं अगले दिन से अपने घर पर नहीं सोया और उसके बाद से मैं गाँव भी नहीं गया!

12

गृहस्थ भूत

* गृहस्थ भूत

हुनेसरजी (नाम बदला हुआ) हमारे जिले के ही रहने वाले थे और शादी-शुदा थे। उनके परिवार में उनके दो छोटे भाई, माता-पिता, पत्नी तथा दो प्यारे बच्चे थे। हुनेसर जी कोलकाता में किसी सेठ के यहाँ ट्रक की ड्राइवरी करते थे। उन्हें ट्रक पर माल लादकर दूर-दूर के शहरों में जाना पड़ता था। वे बहुत ही मेहनती थे और अपना काम पूरी जिम्मेदारी व ईमानदारी से करते थे। उनके कार्यों से उनका सेठ भी बहुत ही खुश था और हर महीने उन्हें अपने साथ लेकर डाकघर जाता था और हजार-बारह सौ उनके घर मनीआर्डर जरूर कराता था। हुनेसरजी की जीवन गाड़ी बहुत ही मजे में चल रही थी। कभी-कभी जब उनको माल लेकर लखनऊ, बनारस आदि आना पड़ता तो वे थोड़ा समय निकालकर घर पर भी आ जाते और घर वालों का हाल-चाल लेने के बाद वापस चले जाते।

एक बार की बात है कि हुनेसरजी रात को करीब दस बजे ट्रक लेकर निकले। उन्हें दिल्ली की ओर जाना था। उनके साथ सामू नामका एक खलाँसी भी था। हुनेसरजी खलाँसी को अपने बेटे जैसा मानते थे और उसे ट्रक चलाना भी सिखाते थे। अब सामू ट्रक चलाने में निपुण भी हो गया था। उस रात सामू ने जिद करके कहा कि आप आराम से सो जाइए तो ट्रक चलाकर मैं ले चलता हूँ। हुनेसरजी ना कहकर ट्रक खुद चलाते हुए निकल पड़े और सामू उनके बगल में बैठा रहा। रात के करीब 1 बजे होंगे और ट्रक एक चौड़ी सड़क पर तेज गति से दौड़ा चला जा रहा था। अचानक हुनेसरजी को पता नहीं क्या हुआ कि वे सड़क किनारे ट्रक रोककर बीड़ी सुलगाकर पीने लगे। बीड़ी पीने के बाद वे सामू से बोले कि मुझे बहुत नींद आ रही है अस्तु मैं सोने जा रहा हूँ। तुम एक काम करो, मजे में (धीरे-धीरे) ट्रक चलाकर ले चलो। सामू तो ट्रक चलाना ही चाहता था, उसने हामी भरकर ट्रक की स्टेरिंग पकड़ ली और धीमी गति से ट्रक को दौड़ाने लगा। लगभग आधे-एक घंटे के बाद जब सामू को लगा कि अब हुनेसरजी गहरी नींद में सो रहे हैं तो उसको मस्ती सूझी। उसने ट्रक की स्पीड बहुत ही तेज कर दी और

गुनगुनाते हुए ड्राइविंग करने लगा। अचानक उसे पीछे से एक और ट्रक आती दिखाई पड़ी। शायद जिसकी स्पीड और भी तेज थी। उसने सोचा कि शायद पीछे से आ रही ट्रक उससे आगे निकलना चाहती है। सामू का भी खून अभी तो एकदम नया था। वह भला ऐसा क्यों होने दे, उसने भी ट्रक का एक्सीलेटर चाँपते हुए ट्रक को और भी तेज दौड़ाने लगा। अरे यह क्या उसने ट्रक की स्पीड इतनी बढ़ा दी कि ट्रक अब उसके काबू से बाहर हो गई। वह कुछ सोंच पाता इससे पहले ही ट्रक सड़क छोड़कर उतर गई और एक पेड़ से टकराकर पूरी तरह से नष्ट हो गई।

इस दुर्घटना में हुनेसरजी तो प्रभु को प्यारे हो गए पर सामू बच गया। उसे कुछ ट्रक चालकों ने पास के अस्पताल में भर्ती कराकर उसके सेठ को सूचना भिजवा दी थी। सामू 4-5 दिन अस्पताल में पड़ा रहा। उसे अपनी गलती पर बहुत ही पछतावा हो रहा था। उसकी एक गलती से उसके पिता समान हुनेसरजी को अपनी जान गँवानी पड़ी थी। उसका दिल रो पड़ा था पर अब विधि के विधान के आगे वह कर भी क्या सकता था। उसने तय कर लिया कि अब वह जो भी कमाएगा उसका आधा हुनेसरजी की परिवार को दिया करेगा। अस्पताल से छुट्टी मिलने के बाद वह वापस कोलकाता आ गया। अपने सेठ से मिलकर उसने सारी बात बताई और अपनी गलती पर फूट-फूटकर रोने लगा। सेठ ने उसे समझाते हुए कहा कि अब रोने-धोने से कुछ होने वाला नहीं पर हम अभी हुनेसरजी के परिवार वालों को कुछ बताएँगे नहीं और समय-समय पर उसके परिवार की मदद करते रहेंगे, इसके साथ ही उन्होंने सामू से एक ऐसी बात बताई जिसे सुनकर सामू पूरी तरह से डर गया, उसके रौंगटे खड़े हो गए।

दरअसल सेठ ने सामू को बताया कि हुनेसरजी बराबर बताया करते थे कि मालिक जब भी यहाँ से माल लेकर दिल्ली के लिए निकलता हूँ, तो रात को करीब 1-2 बजे एक सुनसान जगह पर ऐसा लगता है कि कोई ट्रक तेजी से पीछे से आ रहा है और हमें ओवरटेक करने की कोशिश कर रहा है। पीछे देखने पर वह ट्रक दिखाई नहीं देता पर ट्रक के मिरर में वह साफ-साफ ओवरटेक करते हुए दिखता है। कई बार तो मैंने अपने ट्रक को किनारे लगाकर उतर कर देखा तो पीछे कोई ट्रक ही नहीं दिखा। तेजी से आता वह ट्रक केवल रात को ही और वह भी मिरर में ही दिखता है। मालिक इस ट्रक के चक्कर में कई ट्रक वालों का एक्सीडेंट हो गया है। समझ में नहीं आता कि ऐसा क्यों होता है? आगे उस सेठ ने कहा कि मैं हुनेसरजी की बातों को सुन तो लेता था पर उसपर ध्यान नहीं देता था। क्योंकि ऐसे कैसे हो सकता है कि कोई ट्रक होकर भी न हो? और वैसे भी मैं भूत-प्रेत में विश्वास नहीं करता पर तुम्हारी बातें सुनने के बाद पता नहीं क्यों अब मुझे हुनेसरजी की बातों पर विश्वास होने लगा है। सेठ जी के इतना कहते ही सामू को काठ मार गया। वह चाहकर भी चीख नहीं सका। तो क्या पीछे से आ रहा ट्रक कोई भूत-प्रेत था? या कोई भूत ट्रक बनकर ट्रक वालों को चकमा देकर दुर्घटना करा देता था?

खैर समय सबके घाव भर देता है। सेठ भी अपने काम में लग गए और सामू भी। 3 महीना बीतने के बाद एक दिन सेठ ने सामू से कहा कि चलो हुनेसरजी के घर चलकर आते हैं। इस

बात को छिपाना ठीक नहीं होगा और साथ ही हुनेसरजी के परिवार की कुछ आर्थिक मदद भी कर देंगे। हुनेसरजी थे तो हर महीने उनके परिवार को मनीआर्डर चला जाता था पर पिछले 3 महीने से मनीआर्डर भी नहीं गया और ना ही कोई पत्र आदि। उनके घर के लोग कहीं परेशान न हों? सेठ की बात सुनकर सामू ने कहा कि सेठजी अगले महीने मेरी शादी है। शादी के बाद हम लोग चलेंगे क्योंकि मैंने भी सोच रखा है कि हुनेसरजी के परिवार की मदद करता रहूँगा। इसके बाद सेठ ने कहा कि ठीक है, अगले महीने चलते हैं। मैं चाहता हूँ कि मैं मुनेसरजी के बच्चों की पढ़ाई-लिखाई की व्यवस्था भी कर दूँ और साथ ही उनके दोनों भाइयों को यहाँ लाकर कुछ काम-धंधा दिलवा दूँ।

मई का महीना था और दोपहर का समय। कड़ाके की लू चल रही थी। सेठ और सामू पसीने से तर-बतर थे। वे लोग पूछते-पूछते हुनेसरजी के गाँव में आ गए थे। एक आदमी ने हुनेसरजी के घर पर भी उन लोगों को पहुँचा दिया। हुनेसरजी के दरवाजे पर एक नीम का घना पेड़ था, जिसके नीचे चौकी पड़ी हुई थी। सेठ और सामू वहीं बैठ गए। उन लोगों ने हुनेसरजी के परिवार के लिए साड़ी, कपड़ा, मिठाई आदि जो लेकर आए थे, घर में भिजवा दिए। घर से उन्हें पानी (जलपान आदि) पीने के लिए आया। पानी-ओनी पीने के बाद उन दोनों ने हुनेसरजी के पूरे परिवार को यह दुखद घटना सुनाने की सोची। अरे यह कहा, अभी वे लोग कुछ कहने ही वाले थे तभी डाकिए के साइकिल की घंटी ट्रिन-ट्रिन बजती हुई उसी नीम के आगे आकर रुक गई। फिर डाकिए ने हुनेसरजी के पिताजी को जयरम्मी करते हुए मनीआर्डर सौंपा। मनीआर्डर सौंपने के बाद डाकिया चला गया। डाकिए के जाने के बाद हुनेसरजी के पिताजी ने कहा कि जब आप लोग आ ही रहे थे तो फिर हुनेसर को यह पैसे डाक से लगाने की क्या जरूरत थी? आप लोगों से हाथ से ही भिजवा दिया होता।

हुनेसरजी के पिता के मुँह से इतना सुनते ही सेठ और सामू दोनों हक्के-बक्के हो गए। सेठ ने थूक घोंटकर हुनेसर के पिताजी से पूछा कि क्या कहा आपने, हुनेसरजी ने मनी आर्डर भेजा है? सेठ की यह बात सुनते ही हुनेसर के पिताजी ने बिना कुछ बोलते हुए 100 के आठ नोट तथा मनीआर्डर वाला छोटा कागज का टुकड़ा जिसपर पता लिखा था सेठ के आगे बढ़ा दिया। सेठ जल्दी-जल्दी उस कागज के टुकड़े को उलट-पुलट कर देखने लगे। उन्हें कुछ भी विश्वास ही नहीं हो रहा था क्योंकि मनीआर्डर के उस कागज पर जो लिखाई थी वह हुनेसरजी की ही थी और वह पैसा उन्होंने पिछले महीने ही उसी डाकघर से लगाया था जहाँ से सेठ और वे बराबर हर महीने पैसा लगाया करते थे। अब तो सेठ एकदम से घबरा गए थे। साथ ही सामू के चेहरे का रंग भी उड़ गया था। उन दोनों को समझ में नहीं आ रहा था कि यह क्या हो रहा है। तभी हुनेसरजी बोल पड़े कि कुछ भी हो पर भगवान ऐसा लड़का सबको दें। हम लोगों की बहुत ही सुध रखता है और हर महीने थोड़ा कम या ज्यादा मनीआर्डर जरूर कर देता है। इतना सुनते ही सामू बोल पड़ा कि काका, क्या पिछले महीने भी हुनेसरजी ने मनीआर्डर किया था? हाँ कहते हुए हुनेसरजी के पिताजी ने कहा कि, अरे भाई, हाँ, हाँ। पिछले महीने तो उसने 12 रुपए भेजे थे। इतना सब सुनने के बाद आप लोग खुद ही सोच लीजिए

कि सेठ और सामू किस परिस्थिति में होंगे।

अचानक सामू अपने आप को रोक न सका और फफक कर रो पड़ा। सेठ से रहा न गया और वे सामू को चुप कराते हुए खुद भी रूआँसू हो गए। हुनेसरजी के परिवार वालों को कुछ भी समझ में नहीं आ रहा था कि आखिर अचानक ये दोनों रोने क्यों लगे। अब उस नीम के नीचे गाँव के अन्य लोग भी एकत्र हो गए थे। सेठ ने थोड़ी हिम्मत करके सारी बात कह डाली। यह बात सुनते ही वहाँ खड़े लोगों विशेषकर महिलाओं में रोवन-पीटन शुरु हो गया पर अभी भी हुनेसरजी के घर वाले यह मानने को तैयार नहीं थे कि पिछले 4 महीनों से हुनेसरजी नहीं है। अगर हुनेसरजी नहीं है तो इन चार महीनों में जो 3 बार मनीआर्डर आएँ हैं, वह किसने भेजा है? हैंडराइटिंग तो मुनेसर की ही है। अरे इतना ही नहीं दो महीने पहले उसका एक पत्र भी मिला था जिसमें उसने लिखा था कि बाबूजी कुछ जरूरी काम आ जाने के कारण 1 साल तक मैं घर नहीं आ सकता पर मनीआर्डर बराबर भेजता रहूँगा। काफी कुछ सांत्वना के बाद, हुनेसरजी के दुर्घटना की पुलिस द्वारा ली गई कुछ तस्वीरों और डाक्टर की रिपोर्ट के बाद अंततः हुनेसरजी के घर वाले माने कि अब हुनेसरजी नहीं रहे पर वह भी पूरी तरह से नहीं।

गाँव वालों और कुछ हित-नात के कहने-सुनने के बाद हुनेसरजी की अंतिम क्रिया संपन्न की गई। सारे कर्म विधिवत संपादित किए गए। इसके बाद हुनेसर जी के दोनों भाई सेठ के पास कोलकाता चले गए। सेठ ने उन्हें एक कारखाने में अच्छे वेतन पर नौकरी दिलवा दी। इसके साथ ही सेठ हर महीने हुनेसरजी के परिवार के लिए कुछ पैसे मनीआर्डर करता रहा। खैर जो भी पर अभी भी सामू को यकीं नहीं कि उसका पीछा करने वाला ट्रक कोई भूत चला रहा था और मरने के बाद भी हुनेसरजी अपने परिवार को मनीआर्डर करते रहे। खैर अब हुनेसरजी के परिवार को पूरी तरह यकीं हो गया है कि अब हुनेसरजी इस दुनिया में नहीं हैं, क्योंकि अब उनका पत्र-मनीआर्डर आदि भी नहीं आता और इस घटना को भी तो काफी समय हो गए।

13

वह प्रेत जिसने कई सोखाओं को पीटा

- वह प्रेत जिसने कई सोखाओं को पीटा

भूत-प्रेतों की लीला भी अपरम्पार होती है। कभी-कभी ये बहुत ही सज्जनता से पेश आते हैं तो कभी-कभी इनका उग्र रूप अच्छे-अच्छों की धोती गीली कर देता है। भूत-प्रेतों में बहुत कम ऐसे होते हैं जो आसानी से काबू में आ जाएँ नहीं तो अधिकतर सोखाओं-पंडितों को पानी पिलाकर रख देते हैं, उनकी नानी की याद दिला देते हैं।

आज की कहानी एक ऐसे प्रेत की है जिसको कोई भी सोखा-पंडित अपने काबू में नहीं कर पाए और ना ही वह प्रेत किसी देवी-देवता से ही डरता था। क्या वह प्रेत ही था या कोई और??? आइए जानने की कोशिश करते हैं। हमारी भी इस प्रेत को जानने की उत्कंठा अतितीव्र हो गई थी जब हमने पहली बार ही इसके बारे में सुना। दरअसल लोगों से पता चला कि इस प्रेत ने बहुत सारे सोखाओं-पंडितों को घिसरा-घिसराकर मारा और इतना ही नहीं जब इसे किसी देवी या देवता के स्थान पर लेकर जाया गया तो इसने उस देवी या देवता की भी खुलकर खिल्ली उड़ाई और उन्हें चुनौती दे डाली कि पहले पहचान, मैं कौन??? और शायद इस कौन का उत्तर किसी के पास नहीं था चाहें वह सोखा हो या किसी देवी या देवता का बहुत बड़ा भक्त या पुजारी।

अभी से आप मत सोंचिए की यह कौन था जिसका पता बड़े-बड़े सोखा और पंडित तक नहीं लगा पाए? क्या इस कहानी को पढ़ने के बाद भी इस रहस्य से परदा नहीं उठेगा? इस रहस्यमयी प्रेत के 'पहचान मैं कौन' पर से परदा उठेगा और यह परदा शायद वह प्रेत ही उठाएगा क्योंकि उससे अच्छा उसको कौन समझ सकता है। बस थोड़ा इंतजार कीजिए और कहानी को आगे तो बढ़ने दीजिए।

यह कहानी हमारे गाँव-जवार की नहीं है। ये कहानी है हमारे जिले से सटे कुशीनगर जिले के एक गाँव की। यह गाँव पडरौना के पास है। अब आप सोच रहे होंगे कि यह कहानी जब मेरे जिले की नहीं है तो फिर मैं इसे कैसे सुना रहा हूँ। मान्यवर इस गाँव में मेरी रिस्तेदारी पड़ती है अस्तु इस कहानी को मैं भी अच्छी तरह से बयाँ कर सकता हूँ।

भूत-प्रेतों की तरह से इस कहानी को रहस्यमयी न बनाते हुए मैं सीधे अपनी बात पर आ जाता हूँ। इस गाँव में एक पंडीजी हैं जो बहुत ही सुशील, सभ्य और नेक इंसान हैं। यह कहानी घटिट होने से पहले तक ये पंडीजी एक बड़े माने-जाने ठीकेदार हुआ करते थे और ठीके के काम से अधिकतर घर से दूर ही रहा करते थे। हप्ते या पंद्रह दिन में इनका घर पर आना-जाना होता था। ये ठीका लेकर सड़क आदि बनवाने का काम करते थे। इनके घर के सभी लोग भी बड़े ही सुशिक्षित एवं सज्जन प्रकृति के आदमी हैं। इनकी पत्नी तो साधु स्वभाव की हैं और एक कुशल गृहिणी होने के साथ ही साथ बहुत ही धर्मनिष्ठ हैं।

एकबार की बात है कि पंडीजी ठीके के काम से बाहर गए हुए थे पर दो दिन के बाद ही उनको दो लोग उनके घर पर पहुँचाने आए। पंडीजी के घरवालों को उन दो व्यक्तियों ने बताया कि पता नहीं क्यों कल से ही पंडीजी कुछ अजीब हरकत कर रहे हैं। जैसे कल रात को सात मजदूरों ने अपने लिए खाना बनाया था और ये जिद करके उनलोगों के साथ ही खाना खाने बैठे पर मजदूरों ने कहा कि पंडीजी पहले आप खा लें फिर हम खाएँगे। और इसके बाद जब ये खाना खाने बैठे तो सातों मजदूरो का खाना अकेले खा गए और तो और ये खाना भी आदमी जैसा नहीं निशाचरों जैसा खा रहे थे। उसके बाद दो मजदूर तो डरकर वहाँ से भाग ही गए। फिर हम लोगों को पता चला। उसके बाद हम लोग भी वहाँ पहुँचे और इनको किसी तरह सुलाए और सुबह होते ही इनको पहुँचाने के लिए निकल पड़े।

इसके बाद वे दोनों व्यक्ति चले गए और पंडीजी भी आराम से अपनी कोठरी में चले गए। कुछ देर के बाद पंडीजी लुँगी लपेटे घर से बाहर आए और घरवालों के मना करने के बावजूद भी खेतों की ओर निकल गए। घर का एक व्यक्ति भी (इनके छोटे भाई) चुपके से इनके पीछे-पीछे हो लिया। जब पंडीजी गाँव से बाहर निकले तो अपने ही आम के बगीचे में चले गए। आम के बगीचे में पहुँचकर कुछ समय तो पंडीजी टहलते रहे पर पता नहीं अचानक उनको क्या हुआ कि आम की नीचे झुलती हुई मोटी-मोटी डालियों को ऐसे टोड़ने लगे जैसे हनुमान का बल उनमें आ गया हो। डालियों के टूटने की आवाज सुनकर इनके छोटे भाई दौड़कर बगीचे में पहुँचे और इनको ऐसा करने से रोकने लगे। जब इनके छोटे भाई ने बहुत ही मान-मनौवल की तब पंडीजी थोड़ा शांत हुए और घर पर वापस आ गए।

इस घटना के बाद तो पंडीजी के पूरे परिवार के साथ ही साथ इनका पूरा गाँव भी संशय में जीने लगा। एक दिन फिर क्या हुआ की पंडीजी अपनी ही कोठरी में बैठकर अपने बच्चे को पढ़ा रहे थे और इनकी पत्नी वहीं बैठकर रामायण पढ़ रही थीं तभी इनकी पत्नी क्या देखती हैं कि पंडीजी की शरीर फूलती जा रही है और चेहरा भी क्रोध से लाल होता जा रहा है। अभी पंडीजी की पत्नी कुछ समझती तबतक पंडीजी अपने ही बेटे का सिर अपने मुँह में

लेकर ऐसा लग रहा था कि जैसे चबा जाएँगे पर इनकी पत्नी डरी नहीं और सभ्य भाषा में बच्चे को छोड़ने की विनती कीं। अचानक पंडीजी बच्चे का सिर मुँह से निकालकर शांत होने लगे और रोते बच्चे का सिर सहलाने लगे।

इस घटना के बाद तो पंडीजी के घरवालों की चैन और नींद ही हराम हो गई। वे लोग पूजा-पाठ करवाने के साथ ही साथ कइ सारे डाक्टरों से संपर्क भी किए। यहाँ तक कि उन्हे कई बड़े-बड़े अस्पतालों में दिखाया गया पर डाक्टरों की कोई भी दवा काम नहीं की और इधर एक-दो दिन पर पंडीजी कोई न कोई भयानक कार्य करके सबको सकते में डालते ही रहे। डाक्टरों से दिखाने का सिलसिला लगभग 2 महीने तक चलता रहा पर पंडीजी के हालत में सुधार नाममात्र भी नहीं हुआ।

हाँ पर अब सबके समझ में एक बात आ गई थी और वह यह कि जब भी पंडीजी की शरीर फूलने लगती थी और उनका चेहरा तमतमाने लगता था तो घर वाले उनकी पत्नी को बुला लाते थे और पंडीजी अपनी पत्नी को देखते ही शांत हो जाते थे।

एकदिन पंडीजी की पत्नी पूजा कर रही थीं तभी पंडीजी वहाँ आ गए और अपनी पत्नी से हँसकर पूछे कि तुम पूजा क्यों कर रही हो? पंडीजी की पत्नी ने कहा कि आप अच्छा हो जाएँ , इसलिए। अपनी पत्नी की बात सुनकर पंडीजी ठहाका मार कर हँसने लगे और हँसते-हँसते अचानक बोल पड़े की कितना भी पूजा-पाठ कर लो पर मैं इसे छोड़नेवाला नहीं हूँ अगर मैं इसे छोड़ुँगा तो इसे इस लोक से भेजने के बाद ही। पंडीजी की यह बात सुनकर पंडीजी की पत्नी सहमीं तो जरूर पर उन्होंने हिम्मत करके पूछा आप कौन हैं और मेरे पति ने आपका क्या बिगाड़ा हैं? इसपर पंडीजी ने कहा कि मैं कौन हूँ यह मैं नहीं जानता और इसने मेरा क्या बिगाड़ा है मैं यह भी नहीं बताऊँगा।

पंडीजी की पत्नी ने जब यह बात अपने घरवालों को बताई तो पंडीजी के घरवालों ने उस जवार में जितने सोखा-पंडित हैं उन सबसे संपर्क करना शुरु किया। पहले तो कुछ सोखा-पंडितों ने झाड़-फूँक किया पर कुछ फायदा नहीं हुआ। एकदिन पंडीजी के घरवालों ने पंडीजी को लेकर उसी जवार (क्षेत्र) के एक नामी सोखा के पास पहुँचे। सोखाबाबा कुछ मंत्र बुदबुदाए और पंडीजी की ओर देखते हुए बोले कि तुम चाहें कोई भी हो पर तुम्हें इसे छोड़कर जाना ही होगा नहीं तो मैं तुम्हें जलाकर भस्म कर दूँगा। जब सोखाबाबा ने भस्म करने की बात कही तो पंडीजी का चेहरा तमतमा उठा और वे वहीं उस सोखा को कपड़े की तरह पटक-पटककर लगे मारने। सोखा की सारी शेखी रफूचक्कर हो गई थी और वह गिड़गिड़ाने लगा था। फिर पंडीजी की पत्नी ने बीच-बचाव किया और सोखा की जान बची।

पंडीजी द्वारा सोखा के पिटाई की खबर आग की तरह पूरे जवार क्या कई जिलों में फैल गई। अब तो कोई सोखा या पंडित उस पंडीजी से मिलना तो दूर उनका नाम सुनकर ही काँपने लगता था। इसी दौरान पंडीजी को लेकर एक देवी माँ के स्थान पर पहुँचा गया पर देवी माँ (देवी माँ जिस महिला के ऊपर वास करती थीं उस महिला ने देवी-वास के समय) ने साफ मना कर दिया कि वे ऐसे दुष्ट और असभ्य व्यक्ति के मुँह भी लगना नहीं चाहतीं। पंडीजी

उस स्थान पर पहुँचकर मुस्कुरा रहे थे और अपनी पत्नी से बोले की जो देवी मेरे सामने आने से घबरा रही है वह मुझे क्या भगाएगी? देवी माँ ने पंडीजी के घरवालों से कहा कि यह कौन है यह भी पहचानना मुश्किल है। आप लोग इसे लेकर बड़े-बड़े तीर्थ-स्थानों पर जाइए हो सकता है कि यह इस पंडीजी को छोड़ दे।

इसके बाद पंडीजी के घरवाले पंडीजी को लेकर बहुत सारे तीर्थ स्थानों (जैसे मैहर, विंध्याचल, काशी, थावें, कुछ नामी मजार आदि) पर गए पर कुछ भी फायदा नहीं हुआ। यहाँ तक की अब पंडीजी अपने घरवालों के साथ इन तीर्थों पर आसानी से जाते रहे और घूमते रहे। अधिकतर तीर्थ-स्थान घूमाने के बाद भी जब वह प्रेत पंडीजी को नहीं छोड़ा तो पंडीजी के घरवाले घर पर ही प्रतिदिन विधिवत पूजा-पाठ कराने लगे। पंडीजी की पत्नी प्रतिदिन उपवास रखकर दुर्गा सप्तशती का पाठ करने लगीं।

एक दिन पंडीजी अपने घरवालों को अपने पास बुलाए और बोले की आप सभी लोग खेतों में जाकर कम से कम एक-एक पीपल का पेड़ लगा दीजिए। पंडीजी की पत्नी बोल पड़ी कि अगर आपकी यही इच्छा है तो एक-एक क्या हम लोग ग्यारह-ग्यारह पीपल का पेड़ लगाएँगे। इसके बाद पंडीजी के घरवाले पंडीजी को साथ लेकर उसी दिन खेतों में गए और इधर-उधर से खोजखाज कर एक-एक पीपल का पेड़ लगाए और पंडीजी से बोले कि हमलोग बराबर पीपल का पेड़ लगाते रहेंगे।

इस घटना के बाद पंडीजी थोड़ा शांत रहने लगे थे। अब वे अपने घर का छोटा-मोटा काम भी करने लगे थे। एक दिन पंडीजी के बड़े भाई घर के दरवाजे पर लकड़ी फाड़ रहे थे। पंडीजी वहाँ पहुँचकर टाँगी अपने हाथ में ले लिए और देखते ही देखते लकड़ी की तीन मोटी सिल्लियों को फाड़ दिए। शायद इन तीनों सिल्लियों को फाड़ने में उनके भाई महीनों लगाते।

एक दिन लगभग सुबह के चार बजे होंगे कि पंडीजी ने अपनी पत्नी को जगाया और बोल पड़े, "मैं जा रहा हूँ।" पंडीजी की पत्नी बोल पड़ी, "अभी तो रात है और इस रात में आप कहाँ जा रहें हैं?" अपनी पत्नी की यह बात सुनकर पंडीजी हँसे और बोले, "मैं जा रहा हूँ और वह भी अकेले। तेरे सुहाग को तेरे पास छोड़कर। अब मैं तेरे पति को और तुम लोगों को कभी तंग नहीं करूँगा। तूँ जल्दी से अपने पूरे घरवालों को जगवाओ ताकि जाने से पहले मैं उन सबसे भी मिल लूँ।" पंडीजी के इतना कहते ही पंडीजी की पत्नी के आँखों से झर-झर-झर आँसू झरने लगे और वे पंडीजी का पैर पकड़कर खूब तेज रोने लगीं। अब तो पंडीजी के पत्नी के रोने की आवाज सुनकर घर के लोग ऐसे ही भयभीत हो गए और दौड़-भागकर पंडीजी के कमरे में पहुँचे। अरे यह क्या पंडीजी के कमरे का माहौल तो एकदम अच्छा था क्योंकि पंडीजी तो मुस्कुराए जा रहे थे। घरवालों ने पंडीजी की पत्नी को चुप कराया और रोने का कारण पूछा। पंडीजी की पत्नी के बोलने से पहले ही पंडीजी स्वयं बोल पड़े की अब मैं सदा सदा के लिए आपके घर के इस सदस्य (पंडीजी) को छोड़कर जा रहा हूँ। अब आपलोगों को कष्ट देने कभी नहीं आऊँगा।

पंडीजी के इतना कहते ही पंडीजी की पत्नी बोल पड़ी, "आप जो भी हों, मेरी गल्तियों को क्षमा करेंगे, क्या मैं जान सकती हूँ की आप कौन हैं और मेरे पति को क्यों पकड़ रखे थे?" इतना सुनते ही पंडीजी बहुत जोर से हँसे और बोले मैं ब्रह्म-प्रेत (बरम-पिचाश) हूँ। मेरा कोई भी कुछ नहीं बिगाड़ सकता और तेरे पति ने उसी पीपल के पेड़ को कटवा दिया था जिसपर मैं हजारों वर्षों से रहा करता था। इसने मेरा घर ही उजाड़ दिया था इसलिए मैंने भी इसको बर्बाद करने की ठान ली थी पर तुम लोगों की अच्छाई ने मुझे ऐसा करने से रोक लिया।

इस घटना के बाद से वे ब्रह्म-प्रेत महराजजी उस पंडीजी को छोड़कर सदा-सदा के लिए जा चुके हैं। आज पंडीजी एवं उनका परिवार एकदम खुशहाल और सुख-समृद्ध है। पर ब्रह्म-प्रेत महराज के जाने के बाद भी अगर कुछ बचा है तो उनकी यादें और विशेषकर उन सोखाओं के जेहन में जिनका पाला इस ब्रह्म-प्रेतजी से पड़ा था और जिसके चलते इन सोखाओं ने अपनी सोखागिरा छोड़ दी थी।

एक निवेदन करता हूँ प्रेत बनकर नहीं आदमी बनकर। एक तो पेड़ काटें ही नहीं और अगर मजबूरी में काटना भी पड़ जाए तो एक के बदले दो लगा दीजिए। ताकि मेरा घर बचा रहे और आप लोगों का भी। क्योंकि अगर ऐसे ही पेड़ कटते रहे तो एक दिन प्रकृति असंतुलित हो जाएगी और शायद न आप बचेंगे न आपका घर भी। (एक पेड़ सौ पुत्र समाना, एक तो काटना नहीं और अगर काटना ही हो तो उसके पहले दस-बीस लगाना।)

14

भारत का एकमात्र गाँव जहा लगता है भूतो का मेला

- भारत का एकमात्र गाँव जहा लगता है भूतो का मेला

किसी के हाथ में जंजीर बंधी है, कोई नाच रहा है तो कोई सीटियां बजाते हुए चिढ़ा रहा है, ये वे लोग है जिन पर 'भूत' सवार है। यह नजारा है मध्यप्रदेश में बैतूल जिले के मलाजपुर गांव का जहां लगता है 'भूतों का मेला'।मलाजपुर , भारत के बिलकुल बीच में मध्य प्रदेश के बैतूल जिले में है जहा पिछले कई वर्षो से भारत का एकमात्र भूतो को मेला लगता है | इस गाँव में पुरे देश के अलग अलग हिस्सों से लोग बुरी आत्माओ को दूर भगाने के लिए यहा आते है |प्रत्येक वर्ष जनवरी माह में मध्य प्रदेश के बैतूल ज़िले में एक अदभुत मेला लगता है.

मलाजपुर के इस बाबा के समाधि स्थल के आसपास के पेड़ों की झुकी डालियाँ उल्टे लटके भूत-प्रेत की याद ताजा करवा रही थी। ऐसी धारणा है कि जिस भी प्रेत बाधा से पीड़ित व्यक्ति को छोड़ने के बाद उसके शरीर में समाहित प्रेत बाबा की समाधि के एक दो चक्कर लगाने के बाद अपने आप उसके शरीर से निकल कर पास के किसी भी पेड़ पर उल्टा लटक जाता है।

प्रतिवर्ष मकर संक्रांति के बाद वाली पूर्णिमा को लगने वाले इस भूतों के मेले में आने वाले सैलानियों में देश-विदेश के लोगों की संख्या काफी मात्रा में होती है। खुली नंगी आँखों के सामने दुनिया भर से आये लोगों की मौजूदगी में हर साल होने वाले इस मेले में लोग डरे-सहमे वहाँ पर होने वाले हर पल का आनंद उठाते हैं। गुरू साहब बाबा की समाधि पर लगने वाले वाले विश्व के भूतों के एक मात्र मेले में पूर्णिमा की रात का महत्व काफी होता है।

यह मेला एक माह तक चलता है। ग्राम पंचायत मलाजपुर इसका आयोजन करती है। कई अंग्रेजों ने पुस्तकों एवं उपन्यासों तथा स्मरणों में इस मेले का जिक्र किया है। इन विदेशी लेखकों के किस्सों के चलते ही हर वर्ष कोई ना कोई विदेशी बैतूल जिले में स्थित मलाजपुर के गुरू साहेब के मेले में आता है।

सतपुड़ा में मध्यप्रदेश के दक्षिण में बसे गोंडवाना क्षेत्र के जिलो में से एक बैतूल विभिन्न संस्कृतियों एवं भिन्न-भिन्न परंपराओं को मानने वाली जातियों-जनजातियों सहित अनेकों धर्मों व संस्कृतियों के मानने वाले लोगो से भर पूरा है। इस क्षेत्र में पीढ़ियों से निवास करते चले आ रहे इन्ही लोगों की आस्था एंव अटूट विश्वास का केन्द्र कहा जाने वाला गुरू साहेब बाबा का यह समाधि स्थल पर आने-वाले लोगों के बताए किस्से-कहानियाँ लोगों को बरबस इस स्थान पर खींच लाती हैं।

क्षेत्र की जनजातियों एवं अन्य जाति, धर्म व समुदायों के बीच आपसी सदभाव के बीच इन लोगों के बीच चले आ रहे भूत-प्रेत, जादू-टोना, टोटका एवं झाड़-फूंक का विश्वास यहाँ के लोगों के बीच सदियों से प्रचलित मान्यताओं के कारण अमिट है।देवी-देवता-बाबा के प्रति यहाँ के लोगों की अटूट आस्था आज भी देखने को मिलती है। विशेषकर आदिवासी अंचल की गोंड, भील एवं कोरकू जनजातियों में जिसमें पीढ़ी-पीढ़ी से मौजूद टोटका, झाड़ फूंक एवं भूतप्रेत-चुड़ैल सहित अनेक ऐसे रीति-रिवाज निवारण प्रक्रिया आज भी पाई जाती है।

अकसर देखने को मिलता है कि कमजोर दिल वाले व्यक्तियों के शरीर के अंदर प्रवेशित होकर व्यक्ति को प्रत्यक्ष व अप्रत्यक्ष तरीकों से मानसिक स्थिति असंतुलित करके कष्ट पहुंचाती है। इन्हीं परेशानियों व भूतप्रेत बाधाओं से मुक्ति दिलाने वाले स्थानों में मध्यप्रदेश के बैतूल जिले के ग्राम मलाजपुर में स्थित गुरूसाहब बाबा का समाधि स्थल अब पूरी दुनिया में जाना-पहचाना जाने लगा है। अभी तक यहाँ पर केवल भारत के विभिन्न गांवों में बसने वाले भारतीयो को जमावड़ा होता था लेकिन अब तो विदेशो से भी विदेशी सैलानी वीडियो कैमरों के साथ -साथ अन्य फिल्मी छायाकंन के लिए अपनी टीम के साथ पहुँचने लगे है।

मलाजपुर के गुरू साहेब बाबा के पौराणिक इतिहास के बारे में अनेक कथाएँ प्रचलित हैं। जनश्रुति है कि बैतूल जिला मुख्यालय से 34 किलोमीटर दूर विकासखंड चिचोली जो कि क्षेत्र में पाई जाने वाली वन उपजों के व्यापारिक केन्द्र के रूप में प्रख्यात हैं। इसी चिचोली विकासखंड से 8 किलोमीटर दूर से ग्राम मलाजपुर जहाँ स्थित हैं श्रद्धा और आस्थाओं का सर्वजातिमान्य श्री गुरू साहेब बाबा का समाधि स्थल।

उपलब्ध जानकारी के अनुसार इस स्थल का पौराणिक इतिहास यह है कि विक्रम संवत 1700 के पश्चात आज से लगभग 348 वर्ष पूर्व ईसवी सन 1644 के समकालीन समय में गुरू साहब बाबा के पूर्वज मलाजपुर के पास स्थित ग्राम कटकुही में आकर बसे थे। बाबा के वंशज महाराणा प्रताप के शासनकाल में राजस्थान के आदमपुर नगर के निवासी थे। अकबर और महाराणा प्रताप के मध्य छिड़े घमसान युद्ध के परिणामस्वरूप भटकते हुये बाबा के वंशज बैतूल जिले के इसरूरस्थ क्षेत्र में आकर बस गए। बाबा के परिवार के मुखिया का नाम

रायसिंह तथा पत्नी का नाम चंद्रकुंवर बाई था जो बंजारा जाति के कुशवाहा वंश के थे। इनके चार पुत्र क्रमशः मोतीसिंह, दमनसिंह, देवजी (गुरूसाहब) और हरिदास थे।

श्री देवजी संत (गुरू साहब बाबा) का जन्म विक्रम संवत 1727 फाल्गुन सुदी पूर्णिमा को कटकुही ग्राम में हुआ था। बाबा का बाल्यकाल से ही रहन सहन खाने पीने का ढंग अजीबो-गरीब था। बाल्यकाल से ही भगवान भक्ति में लीन श्री गुरू साहेब बाबा ने मध्यप्रदेश के हरदा जिले के अंतर्गत ग्राम खिड़किया के संत जयंता बाबा से गुरूमंत्र की दीक्षा ग्रहण कर वे तीर्थाटन करते हुये अमृतसर में अपने ईष्टदेव की पूजा आराधना में कुछ दिनों तक रहें इस स्थान पर गुरू साहेब बाबा को 'देवला बाबा' के नाम से लोग जानते पहचानते हैं तथा आज भी वहाँ पर उनकी याद में प्रतिवर्ष विशाल मेला लगता है। इस मेले में लाखों भूत-पेत बाधा से ग्रसित व्यक्तियो को भूत-प्रेत बाधा से मुक्ति मिलती है। गुरू साहेब बाबा उक्त स्थानों से चंद दिनों के लिये भगवान विश्वनाथ की पुण्य नगरी काशी प्रवास पर गये, जहां गायघाट के समीप निर्मित दरभंगा नरेश की कोठी के पास बाबा का मंदिर स्थित है।

बाबा के चमत्कारों व आशीर्वाद से लाभान्वित श्रद्धालु भक्तों व भूतप्रेतों बाधा निवारण प्रक्रिया के प्रति आस्था रखने वाले महाराष्ट्र भक्तों द्वारा शिवाजी पार्क पूना में बाबा का एक भव्य मंदिर का निर्माण करवाया गया। गुरू साहब बाबा की समाधि स्थल पर देखरेख हेतु पारिवारिक परंपरा के अनुरूप बाबा के उतराधिकारी के रूप में उनके ज्येष्ठ भ्राता महंत गप्पादास गुरू गद्दी के महंत हुये। तत्पश्चात यह भार उनके सुपुत्र परमसुख ने संभाला उनके पश्चात क्रमशः सूरतसिंह, नीलकंठ महंत हुये। इनकी समाधि भी यही पर निर्मित है। वर्तमान में महंत चंद्रसिंह गुरू गादी पर महंत के रूप में सन 1967 से विराजित हुये। यहां पर विशेष उल्लेखनीय यह है कि वर्तमान महंत को छोड़कर शेष पूर्व में सभी बाबा के उतराधिकारियों ने बाबा का अनुसरण करते हुये जीवित समाधियाँ ली।

15

ऐसे स्थान जहां खतरनाक और दुष्ट आत्माएं कैद हैं

- ऐसे स्थान जहां खतरनाक और दुष्ट आत्माएं कैद हैं

भूत-प्रेत से जुड़ा कोई भी लेख, कहानी या फिर फिल्म इंसानी मस्तिष्क को सबसे पहले और सबसे ज्यादा आकर्षित करते हैं लेकिन सच यही है कि इस पर तब तक विश्वास नहीं किया जा सकता जब तक कि कोई इन्हें अपनी आंखों से ना देख ले या फिर कोई इन्हें महसूस ना कर ले. ऐसा ही कुछ तथ्य भूत बंगलों से जुड़ा हुआ है जिस पर वो व्यक्ति कभी विश्वास नहीं करता जिसने वहां मौजूद पारलौकिक शक्तियों का अनुभव ना किया हो. आज हम आपको ऐसे ही कुछ विश्व प्रसिद्ध हॉटेड हाउस के बारे में बताएंगे जिनके भीतर बुरी आत्माओं का वास तो है लेकिन जहां कुछ लोग इसे सिर्फ मनगढ़ंत कहानी मानते हैं तो कुछ इन जगहों का नाम सुनकर भी कांप जाते हैं

1.व्हाइट हाइस: जी हां, विश्व के सबसे ताकतवर आदमी का निवास स्थान व्हाइट हाउस सिर्फ इसलिए नहीं जाना जाता क्योंकि वहां अमेरिका के राष्ट्रपति रहते हैं बल्कि इससे भी ज्यादा खास बात यह है कि यहां अमेरिका के दूसरे राष्ट्रपति जॉन एडम्स, जिन्होंने अमेरिका के स्वतंत्रता संग्राम में बहुत महत्वपूर्ण भूमिका निभाई थी, की आत्मा आज भी इस स्थान को छोड़कर नहीं गई है. बहुत से लोगों ने यहां किसे बूढ़े व्यक्ति को घूमते देखा है, जो एक ही नजर में आंखों से ओझल हो जाता है. कुछ लोग इस बूढ़ी परछाई को लिंकन की आत्मा कहते हैं लेकिन इस परछाई के पहनावे और व्यवहार से इसे जॉन एडम्स का ही प्रेत कहा जाता है

2.द शूनर होटल (इंगलैंड): विश्व का सबसे पुराना और सबसे भूतहा स्थान है यह होटल. इतिहास के महान चरित्र किंग जॉर्ज तृतीय और चार्ल्स डिकन इस होटल में बहुत समय तक रुके थे. उन्हें यहां ठहरना पसंद था. वैसे तो यह होटल आज भी आमजन के पूरी रात खुला रहता है लेकिन फिर भी आप यहां ठहरने का रिस्क नहीं ले सकते क्योंकि ब्रिटेन की एक

पैरानॉर्मल सोसायटी ने यह पाया है कि यहां प्रेत आत्माएं अपनी मौजूदगी दर्ज करवा चुकी हैं और उनके साथ समीपता रखना इंसानों के लिए घातक सिद्ध हो सकता है. इस होटल के कमरे 17 और 28 बेहद खौफनाक हैं, यहां ठहरने वाला कोई भी व्यक्ति अपनी जान नहीं बचा पाया है

3.ला लौरी हाउस (अमेरिका): सन 1800 के शुरुआती दौर में इस होटल में मैडम ला लौरी रहा करती थी. दुनिया के सामने वह एक बहुत अच्छी महिला के तौर पर रहती थी लेकिन पीठ पीछे वह अपने गुलामों और नौकरों के साथ बहुत बुरा और अमानवीय सलूक करती थी. एक रात उनके एक गुलाम ने उस घर में आग लगा दी जिसमें जलकर ला लौरी की मौत हो गई. लेकिन उस आग में सिर्फ उनका शरीर जला था क्योंकि उसकी आत्मा आज भी वही भटक रही है और वहां आने वाले लोगों को यातनाएं देती है. लोगों ने कई बार वहां अजीब सी आवाजें सुनी हैं, जो सुनने में बेहद डरावनी होती हैं

4. द टॉवर ऑफ लंदन (इंग्लैंड): एक समय था जब इस जगह इंग्लैंड की खतरनाक कुख्यात हस्तियों को बंदी बनाकर रखा जाता था, जिनमें से कई बंधकों के सिर काट दिए गए या उन्हें फांसी पर लटका दिया गया. उन्हीं मृत बंधकों की खतरनाक आत्माएं आज यहां भटकती हैं और आने-जाने वाले हर व्यक्ति को परेशान करती हैं. लोगों ने कई बार यहां दर्द से चीखने-चिल्लाने की आवाजें सुनी हैं और कटे सिर वाले शरीर को घूमते हुए देखा है.

16
अजीब लड़की

- अजीब लड़की

रमकलिया, जी हाँ, यही तो नाम था उस लड़की का। सोलह वर्ष की रमकलिया अपने माँ–बाप की इकलौती संतान थी। उसके माँ-बाप उसका बहुत ही ख्याल रखते थे और उसकी हर माँग पूरी करते थे। अरे यहाँ तक कि, हमारे गाँव-जवार के बड़े-बुजुर्ग बताते हैं कि गाँव क्या पूरे जवार में सबसे पहले साइकिल रमकलिया के घर पर ही खरीद कर आई थी। उस साइकिल को देखने के लिए गाँव-जवार टूट पड़ा था। रमकलिया उस समय उस साइकिल को लंगड़ी चलाते हुए गढ़ही, खेत-खलिहान सब घूम आती थी।

रमकलिया बहुत ही नटखट थी और लड़कों जैसा मटरगस्ती करती रहती थी। वह लड़कों के साथ कबड्डी, चिक्का आदि खेलने में भी आगे रहती थी। एक बार कबड्डी खेलते समय गलगोदही करने को लेकर झगड़ा हो गया। अरे देखने वाले तो बताते हैं कि रमकलिया ने विपक्षी टीम के लड़कों को दौड़ा-दौड़ा कर मारा था, पानी पिला-पिला कर मारा था। किसी के दाँत से खून निकल रहा था तो कोई चिल्लाते हुए अपने घर की ओर भाग रहा था। रमकलिया से उसके हमउम्र लड़के पंगा लेना उचित नहीं समझते थे। क्योंकि उसके हमउम्र लड़के उसे उजड्ड और झगड़ालू टाइप की लड़की मानते थे। कोई उसके मुँह लगना पसंद नहीं करता था, हाँ यह अलग बात थी कि सभी लड़के उससे डरते थे। मई का महीना था, कड़ाके की गर्मी पड़ रही थी। रमकलिया खर-खर दुपहरिया में अपनी साइकिल उठाई और गाँव से बाहर अपने बगीचे की ओर चल दी। उसका बगीचा धोबरिया गढ़ई के किनारे था। इस बगीचे में आम और महुए के पेड़ों की अधिकता थी।

यह बगीचा गाँव से लगभग 1 किमी की दूरी पर था। बगीचे में पहुँचकर पहले तो रमकलिया खूब साइकिल हनहनाई, पूरे बगीचे में दौड़ाई और पसीने से तर-बतर हो गई। उसने बगीचे के बीचोंबीच एक मोटे आम के पेड़ के नीचे साइकिल खड़ी करके अपने दुपट्टे से चेहरे का पसीना पोछने लगी। पसीना-ओसीना पोछने के बाद, पता नहीं रमकलिया को क्या

सूझा कि वह उसी पेड़ के नीचे अपना दुपट्टा बिछाकर उस पर लेट गई। बगीचे में लेटे-लेटे ही रमकलिया का मन-पंछी उड़ने लगा। वह सोचने लगी कि उसके बाबूजी उसके लिए एक वर की तलाश कर रहे हैं।

वह थोड़ा सकुचाई, थोड़ा मुस्काई और फिर सोचने लगी, एक दिन एक राजकुमार आएगा और उसे बिआह कर ले जाएगा। पता नहीं वह कैसा होगा, कौन होगा, कहाँ का होगा?पता नहीं मैं उसके साथ खुश रह पाऊंगी कि नहीं। पर खैर जो ईश्वर की मर्जी होगी वही होगा। बाबूजी उसके लिए जैसा भी लड़का खोजेंगे वह उसी से शादी करके खुश रहेगी। उसे पक्का विश्वास था कि उसके बाबूजी उसकी शादी जरूर किसी धनवान घर में करेंगे। जहाँ उसकी सेवा के लिए जरूर कोई न कोई नौकरानी होगी। अभी रमकलिया इन्ही सब विचारों में खोई थी कि उसे ऐसा आभास हुआ कि उसके सिर के तरफ कोई बैठकर उसके बालों में अंगुली पिरो रहा है। रमकलिया के साथ ऐसा पहली बार नहीं हो रहा था। ये तो आए दिन की बात थी। बकरी-गाय आदि चराने वाले लड़कियाँ या लड़के चुपके से उसके पीछे बैठकर उसके बालों में अंगुली पिरोते या सहलाते रहते थे। और रमकलिया भी खुश होकर उन्हें थोड़ा-बहुत अपना साइकिल चलाने को देती थी। पर पता नहीं क्यों, आज रमकलिया को यह आभास हो रहा था कि अंगुली कुछ इस तरह से पिरोई जा रही है कि कुछ अलग सा ही एक अनजान आनंद का एहसास हो रहा है।

ऐसा लग रहा है कि कोई बहुत ही प्रेम से बालों को सहलाते हुए अपनी अंगुलियां उसमें पिरो रहा है। आज रमकलिया को एक अलग ही आनंद मिल रहा था, जिसमें उसके यौवन की खुमारी भी छिपी लग रही थी। उसके शरीर में एक हल्की सी गुदगुदी हो रही थी और उसे अंगड़ाई लेने की भी इच्छा हो रही थी। पर वह बिना शरीर हिलाए चुपचाप लेटी रही। उसे लगा कि अगर उठकर बैठ गई तो यह स्वर्गिक आनंद पता नहीं दुबारा मिलेगा कि नहीं। उसने बिना पीछे मुड़े ही धीरे से कहा कि 10 मिनट और ऐसे ही उंगुलियाँ घुमाओ तो मैं 1 घंटे तक तुम्हें साइकिल चलाने के लिए दूँगी पर पीछे से कुछ भी आवाज नहीं आई, फिर भी रमकलिया मदमस्त लेटी रही। उसे हलकी-हलकी नींद आने लगी।

शाम हो गई थी और रमकलिया अभी भी बगीचे में लेटी थी। तभी उसे उसके बाबूजी की तेज आवाज सुनाई दी, रामकली, बेटी रामकली, अरे कब से यहाँ आई है। मैं और तुम्हारी माँ कब से तुम्हें खोज रहे हैं। इस सुनसान बगीचे में जहाँ कोई भी नहीं है, तू निडर होकर सो रही है।"रमकलिया ने करवट ली और अपने बाबूजी को देखकर मुस्काई। उसके बाबूजी उसे घर चलने के लिए कहकर घर की ओर चल दिए। रमकलिया उठी, साइकिल उठाई और लगड़ी मारते हुए गाँव की ओर चल दी। उस रात पता नहीं क्या हुआ कि रमकलिया ठीक से सो न सकी। पूरी रात करवट बदलती रही। जब भी सोने की कोशिश करती, उसे बगीचे में घटी आज दोपहर की घटना याद आ जाती।

वह बार-बार अपने दिमाग पर जोर डाल कर यह जानना चाहती थी कि आखिर कौन था वह??? वह अब पछता रही थी, उसे लग रहा था कि पीछे मुड़कर उसे उससे बात करनी चाहिए

थी। लेकिन वह करे भी तो क्या करे, उस अनजान व्यक्ति के कोमल, प्यार भरे स्पर्शों से उसे अचानक कब नींद आ गई थी पता ही नहीं चला था। अरे अगर उसके बाबूजी बगीचे में पहुँच कर उसे जगाते नहीं तो पता नहीं कब तक सोती रहती? सुबह जल्दी जगकर रमकलिया फिर अपनी साइकिल उठाई और उस बगीचे में चली गई। सुबह की ताजी हवा पूरे बगीचे में हिचकोले ले रही थी पर पता नहीं क्यों सरसराती हवा में, पत्तियों, टहनियों से बात करती हवा में रमकलिया को एक भीनी-भीनी मदमस्त कर देने वाली सुगंध का आभास हो रहा था।

उसे ऐसा लग रहा था कि आज पवन देव उसके बालों से खेल रहे हैं। वह लगभग 1 घंटे तक बगीचे में रही और फिर घर वापस आ गई। घर आने के बाद रमकलिया पता नहीं किन यादों में खोई रही। उसी दिन फिर से खड़खड़ दुपहरिया में रमकलिया का जी नहीं माना और वह साइकिल उठाकर बगीचे की ओर चली गई। बगीचे में 3-4 राउंड साइकिल दौड़ाने के बाद फिर रमकलिया एक आम के पेड़ के नीचे सुस्ताने लगी। उसे कुछ सूझा, वह हल्की सी मुस्काई और अपने दुपट्टे को अपने सर के नीचे लगाकर सोने का नाटक करने लगी। अभी रमकलिया को लेटे 2-4 मिनट भी नहीं हुए थे कि उसे ऐसा लगा कि कोई उसके बालों में अंगुली पिरो रहा है। वह कुछ बोली नहीं पर धीरे-धीरे अपना हाथ अपने सर पर ले गई। वह उस अंगुलियों को पकड़ना चाहती थी जो उसके बालों में घुसकर बालों से खेलते हुए उसे एक सुखद आनंद की अनुभूति करा रही थीं। पर उसने ज्यों अपने हाथ अपने सर पर ले गई, वहाँ उसे कुछ नहीं मिला पर ऐसा लग रहा था कि अभी भी कुछ अंगुलियाँ उसके बालों से खेल रही हैं। रमकलिया को बहुत ही अचंभा हुआ और वह तुरंत उठकर बैठ गई। पीछे सर घुमाकर देखी तो गजब हो गया। पीछे कोई नहीं था।

उसे लगा कि शायद जो था वह इस पेड़ के पीछे छिप गया हो। पर फिर उसके मन में एक बात आई कि जब वह अपना हाथ सर पर ले गई थी तो वहाँ कुछ नहीं मिला था फिर भी बालों में अंगुलियों के सुखद स्पर्श कैसे लग रहे थे। खैर वह उठ कर खड़ी हो गई और पेड़ के पीछे चली गई पर वहाँ भी कोई नहीं। अब वह बगीचे में आस-पास दौड़ लगाई पर से कोई नहीं दिखा। फिर वह अपने साइकिल के पास आई और तेजी से चलाते हुए गाँव की ओर भागी। उसे डर तो नहीं लग रहा था पर कहीं-न-कहीं एक रोमांचित अवस्था जरूर बन गई थी, जिससे उसके रोंगटे खड़े हो गए थे। आज की रात फिर रमकलिया सो न सकी। आज कल उसे अपने आप में बहुत सारे परिवर्तन नजर आ रहे थे। उसे ऐसा लगने लगा था कि वह अब विवाह योग्य हो गई है। वह बार-बार शीशे में अपना चेहरा भी देखती। अब उसमें थोड़ा शर्माने के गुण भी आ गए थे। बिना बात के ही कुछ याद करके उसके चेहरे पर एक हल्की मुस्कान फैल जाती। पता नहीं क्यों उसे लगने लगा था कि उसके बालों से खेलने वाला कोई उसके गाँव का नहीं, अपितु कोई दूसरा सुंदर युवा है, जो प्यार से वशीभूत होकर उसके पास खींचा चला आता है और चुपके से उसके बालों से खेलने लगता है।

फिर उसके दिमाग में कौंधा कि जो भी है, है वह बहुत शर्मीला और साथ ही फुर्तीला भी। क्योंकि पता नहीं कहाँ छूमंतर हो गया कि दिखा ही नहीं। रमकलिया के दिमाग में बहुत सारी

बातें दौड़ रही थीं पर सब सुखद एहसास से भरी, रोमांचित करने वाली ही थीं। अब तो जब तक रमकलिया अपने बगीचे में जाकर 1-2 घंटे लेट नहीं लेटी तब तक उसका जी ही नहीं भरता। रमकलिया का अब प्रतिदिन बगीचे में जाना और एक अलौकिक प्रेम की ओर कदम बढ़ाना शुरू हुआ। एक ऐसा अनजाना, नासमझ प्रेम जो रमकलिया के हृदय में हिचकोले ले रहा था।

वह पूरी तरह से अनजान थी इस प्रेम से, फिर भी हो गई थी इस प्रेम की दिवानी। पहली बार प्रेम के इस अनजाने एहसास ने उसके हृदय को गुदगुदाया था, एक स्वर्गिक आनंद को उसके हृदय में उपजाया था। एक दिन सूर्य डूबने को थे। चरवाहे अपने गाय-भैंस, बकरियों को हांकते हुए गाँव की ओर चल दिए थे। अंधेरा छाने लगा था। ऐसे समय में रमकलिया को पता नहीं क्या सूझा कि वह अपनी साइकिल उठाई और बगीचे की ओर चली गई। आज उसने बगीचे में पहुँच कर साइकिल को एक जगह खड़ा कर खुद ही पास में खड़ी हो गई। उसे कुछ सूझ नहीं रहा था। उसे पता नहीं क्यों ऐसा लग रहा था कि कोई तो है जो अभी उसे उस बगीचे में बुलाया और वह भी अपने आप को रोक न सकी और खिंचते हुए इस बगीचे की ओर चली आई। 2-4 मिनट खड़ा रहने के बाद रमकलिया थोड़ा तन गई, अपने सुकोमल हृदय को कठोर बनाकर बुदबुदाई, अगर यह कोई इंसान न होकर, भूत निकला तो!खैर जो भी हो, मुझे पता नहीं क्यों, इस रहस्यमयी जीव से मुझे प्रेम हो गया है। भूत हो या कोई दैवी आत्मा, अब तो मैं इससे मिलकर ही रहूँगी। इंसान, इंसान को अपना बनाता है, मैं अब इस दैवी आत्मा को अपना हमसफर बनाऊंगी।

देखती हूँ, इस अनजाने, अनसमझे प्यार का परिणाम क्या होता है?अगर वह इंसान नहीं तो कौन है और किस दुनिया का रहने वाला है, कैसी है उसकी दुनिया?"यह सब सोचती हुई, रमकलिया अपने साइकिल का हैंडल पकड़ी और उसे डुगराते हुए बगीचे से बाहर आने लगी। अब बगीचे में पूरा अंधेरा पसर गया था और साथ ही सन्नाटा भी। हाँ रह-रह कर कभी-कभी गाँव की ओर से कोई आवाज उठ आती थी।

ऐसे समय में रमकलिया को पता नहीं क्या सूझा कि वह अपनी साइकिल उठाई और बगीचे की ओर चली गई। आज उसने बगीचे में पहुँच कर साइकिल को एक जगह खड़ा कर खुद ही पास में खड़ी हो गई। उसे कुछ सूझ नहीं रहा था। उसे पता नहीं क्यों ऐसा लग रहा था कि कोई तो है जो अभी उसे उस बगीचे में बुलाया और वह भी अपने आप को रोक न सकी और खिंचते हुए इस बगीचे की ओर चली आई। 2-4 मिनट खड़ा रहने के बाद रमकलिया थोड़ा तन गई, अपने सुकोमल हृदय को कठोर बनाकर बुदबुदाई, अगर यह कोई इंसान न होकर, भूत निकला तो! खैर जो भी हो, मुझे पता नहीं क्यों, इस रहस्यमयी जीव से मुझे प्रेम हो गया है। भूत हो या कोई दैवी आत्मा, अब तो मैं इससे मिलकर ही रहूँगी। इंसान, इंसान को अपना बनाता है, मैं अब इस दैवी आत्मा को अपना हमसफर बनाऊंगी। देखती हूँ, इस अनजाने, अनसमझे प्यार का परिणाम क्या होता है? अगर वह इंसान नहीं तो कौन है और किस दुनिया का रहने वाला है, कैसी है उसकी दुनिया?यह सब सोचती हुई, रमकलिया अपने

साइकिल का हैंडल पकड़ी और उसे डुगराते हुए बगीचे से बाहर आने लगी। अब बगीचे में पूरा अंधेरा पसर गया था और साथ ही सन्नाटा भी। हाँ रह-रह कर कभी-कभी गाँव की ओर से कोई आवाज उठ आती थी।} ....रात को रमकलिया अपने कमरे में बिस्तरे पर करवटें बदल रही थी।

नींद उसकी आँखों से कोसों दूर थी। एक अजीब सिहरन, गुदगुदी का एहसास हो रहा था उसको। उसे कभी हँसना तो कभी रोना आ रहा था। तभी अचानक उस कमरे के जंगले से एक बहुत ही तेज, डरावनी सरसराती हवा अचानक कमरे में प्रवेश की। बिना बहती हवा के अचानक कमरे में पैठी इस डरावनी हवा से रमकलिया थोड़ी सहम गई और फटाक से उठकर बैठ गई। उसकी साँसें काफी तेज हो गई थीं। वह धीरे-धीरे लंबी साँस लेकर अपने बढ़ते दिल की धड़कन को भी काबू में करने का प्रयास किया तभी उसे ऐसा लगा कि कोई उसके कान में हौले-हौले, भारी आवाज में गुनगुना रहा हो, बढ़ती दिल की धड़कन कुछ तो कह रही है, मैं तेरा दिवाना, जलता परवाना हूँ, तूँ क्यों नहीं समझ रही है?इसी के साथ उसे लगा कि वह सरसराती हवा उसके बिस्तरे के बगल में हल्के से मूर्त रूप में स्थिर हो गई है पर कुछ भी स्पष्ट नहीं है। अचानक उसे लगा कि वही (बगीचे में वाले) सुकोमल हाथ फिर से उसके बालों के साथ खेलने लगे हैं, उसे एक चरम आनंद की अनुभूति करा रहे हैं। वह चाहकर भी कुछ न कह सकी और धीरे-धीरे फिर से लेट गई। अरे यह क्या उसके लेटते ही ऐसा लगा कि उसके कमरे में रखी एक काठ-कुर्सी सरकते हुए उसके सिरहाने की ओर आ रही है। वह करवट बदली और उस काठ-कुर्सी की ओर नजर घुमाई तब तक वह काठ-कुर्सी उसके सिरहाने आकर लग गई। फिर बिना कुछ कहे एक मदमस्त, अल्हड़, प्रेमांगना की तरह अँगराई लेते हुए, साँसों को तेजी के साथ छोड़ते हुए वह फिर से चुपचाप बिस्तरे पर लेट गई। उसके लेटते ही वह सुकोमल हाथ फिर से उसके बालों से खेलने लगे। वह एक कल्पित दुनिया की सैर पर निकल गई। यह कल्पित दुनिया अलौकिक थी।

इस दुनिया की इकलौती राजकुमारी रमकलिया ही थी जिसे एक अपने सेवक से प्रेम हो गया था। वह इस कल्पित दुनिया में आनंदित होकर विचरण कर रही थी। अचानक रमकलिया को इस कल्पित दुनिया से बाहर आना पड़ा क्योंकि से लगा कि कोई उसका सिर पकड़ कर जोर-जोर से हिला रहा है यानि जगाने की कोशिश कर रहा हो। रमकलिया को लगा कि कहीं यह भी स्वप्न तो नहीं पर वह तो जगी हुई ही थी। वह उठकर बैठ गई। फिर उस कमरे में शुरू हुई एक ऐसी कहानी जो रमकलिया को उसके पिछले जन्म में लेकर चली गई। रमकलिया बिस्तरे पर सावधान की मुद्रा में बैठी हुई थी। काठ-कुर्सी पर मूर्त रूप में पर पूरी तरह से अस्पष्ट हवा का रूप विराजमान था और वहाँ से एक मर्दानी भारी आवाज सुनाई दे रही थी। वह आवाज कह रही थी, रमकलिया तूँ मेरी है सिर्फ मेरी। मैं पिछले दो-तीन जन्मों से तुझे प्रेम करता आ रहा हूँ। मैंने हर जन्म में तुझे अपनाने के लिए कुछ-न-कुछ गलत कदम उठाया है। पर इस जन्म में मैं तूझे सच्चाई से पाना चाहुँगा।वह आवाज आगे बोली, याद है, पिछले जन्म में भी मैं तुझे अथाह प्रेम करता था। पर तूँ मेरे प्रेम को नहीं समझ सकी

और मैं भी बावला, पागल तूझे पेड़ से धक्का दे दिया था। (यहाँ मैं आप लोगों को रमेसरा की कहानी की याद दिलाना चाहूँगा।

जो गाँव की गोरी थी और उसे एक भेड़ीहार का लड़का अपना बनाना चाहता था, पर रमेसरा के पिता द्वारा मना करने पर उस भेड़ीहार-पुत्र ने आत्महत्या कर ली थी और प्रेत हो गया था। बाद में वही प्रेत रमेसरा को ओल्हा-पाती खेलते समय धक्का दे दिया था और वही रमेसरा अब रमकलिया के रूप में फिर से पैदा हुई थी। आभार।) मैं वही हूँ पर अब बदल गया हूँ। भले मैं आत्मा हूँ, एक प्रेत हूँ पर अब मैं अपनी प्रियतमा का कोई अहित नहीं करूँगा और अब उसे नफरत से नहीं प्रेम से जीतूँगा।उस हवा रूपी आवाज की बातें सुनकर रमकलिया एक पागल प्रेमी की तरह उठकर उस कुर्सी पर विराजमान मूर्त पर अस्पष्ट हवा से लिपट गई। वह सिसक-सिसक कर कहने लगी, तूँ जो भी हो पर है मेरा प्रियतम। मैं अब तेरे बिना जी नहीं सकती। तूँ अब देर न कर। अभी मेरी माँग में सिंदुर भर और मुझे अपना बना। मुझे सदा-सदा के लिए अपने साथ ले चल। इतना कहने के बाद रमकलिया को पता नहीं अचानक क्या हुआ कि वह बिस्तरे पर गिर गई। सुबह-सुबह रमकलिया के माता-पिता रमकलिया के कमरे का दरवाजा पीटे जा रहे हैं पर वह उठने का नाम नहीं ले रही है। रमकलिया के माता-पिता बहुत ही परेशान हैं क्योंकि रमकलिया के कमरे से कोई सुगबुगाहट नहीं आ रही है। आस-पास के कुछ लोग भी एकत्र हो गए हैं।

सब चिल्ला-चिल्लाकर रमकलिया को जगाना चाहते हैं। अंततः रमकलिया के माता-पिता ने कमरे का दरवाजा तोड़ने का फैसला किया क्योंकि वे अब किसी अनहोनी की आसा में पीले पड़ते जा रहे थे। लकड़ी के दरवाजे पर कसकर एक लात पड़ते ही अंदर से लगी उसकी किल्ली निकल गई और भड़ाक से करके दरवाजा खुल गया। दरवाजा खुलते ही रमकलिया के माता-पिता रमकलिया के बिस्तर की ओर भागे। साथ में आस-पास के कई लोग भी थे। रमकलिया के कमरे का हुलिया पूरी तरह से बदला हुआ था। कमरे में एक अजीब भीनी-भीनी खुशबू पसरी हुई थी और साथ ही रमकलिया के बिस्तरे पर तरह-तरह के फूल बिछे हुए थे। पास पड़ी कुर्सी पर सिंधोरे का एक डिब्बा पड़ा हुआ था और ऐसा लग रहा था कि बिस्तरे पर रमकलिया नहीं, कोई नवविवाहिता लाल साड़ी पहनकर औंधे मुँह लेटी हुई है। रमकलिया की माँ ने देर न की और बिस्तरे पर सोई उस महिला को झँकझोरने लगी, अरे यह क्या उस सोई तरुणी ने करवट बदला और आँखें मलते हुए उठकर बैठ गई। सभी लोग अचंभित तो थे ही पर रमकलिया का यह रूप देखकर उन्हें साँप भी सूँध गया था। दरअसल वह रमकलिया ही थी पर वह एक नवविवाहिता की तरह सँजरी-सँवरी हुई थी। उसके हाथों में लाल-लाल चुड़ियाँ थीं तो पैर में महावर लगा हुआ था। पता नहीं कहाँ से उसके पैर में नए छागल भी आ गए थे। सर पर सोने का मॅगटिक्का शोभा पा रहा था और उस मॅगटिक्के के नीचे सिंदूर की हल्की आभा बिखरी हुई थी। सभी लोग हैरान-परेशान। अरे रात को ही तो रमकलिया अपने कमरे में आई थी।

रात को उसके कमरे में कोई सुगबुगाहट भी नहीं हुई। दरवाजा भी नहीं खुला तो इतना सारा सामान कहाँ से आ गया था उसके कमरे में। उसे एक नवदुल्लहन की तरह कौन सजा गया था। क्योंकि उसको जिस तरह से सजाया गया था उससे ऐला लग रहा था कि कोई 8-10 महिलाओं ने 2-4 घंटे मेहनत करके उसे सजाया है। रमकलिया के माता-पिता परेशान थे कि उनके घर में इतना कुछ हो गया और उनके कान पर जूँ तक नहीं। रमकलिया बिस्तरे से उठी। उसके चेहरे पर हल्की सी मुस्कान थी। वह अपने कमरे में स्तब्ध खड़ें लोगों विशेषकर अपने पिता और माता की ओर देखने लगी। वह धीरे-धीरे चलकर अपने माता के पास गई और उनके गले लग गई। उसने कहा कि माँ, मैं अब विवाहिता हूँ। इसके बाद भी उसकी माँ कुछ बोल न सकी। सभी लोग आश्चर्य में डूबे।

धीरे-धीरे यह बात गाँव क्या पूरे जवार और जिले में पैल गई। लोग रमकलिया के गाँव की तरफ आते और सच्चाई जानने की कोशिश करते पर गाँव के लोगों की सुनी बातों पर अविश्वास से सिर हिलाते चले जाते। जी हाँ। उस रात उस प्रेत ने रमकलिया से विवाह करके उसे सदा के लिए अपना बना लिया था।

17

बुरी आत्मा का सामना किससे होता है

- बुरी आत्मा का सामना किससे होता है

जो लोग पापी और अधर्मी हैं जिन्होंने जीवनभर शराब, मांस और स्त्रीगमन के अलावा कुछ नहीं किया, जिन्होंने धर्म का अपमान किया और जिन्होंने कभी भी धर्म के लिए पुण्य का कोई कार्य नहीं किया वे मरने के बाद स्वत: ही दक्षिण दिशा की ओर खींच लिए जाते हैं। ऐसे पापियों को सबसे पहले तप्त लौहद्वार तथा पूय, शोणित एवं क्रूर पशुओं से पूर्ण वैतरणी नदी पार करना होती है।

नदी पार करने के बाद दक्षिण द्वार से भीतर आने पर वे अत्यंत विस्तीर्ण सरोवरों के समान नेत्र वाले, धूम्र वर्ण, प्रलय-मेघ के समान गर्जन करने वाले, ज्वालामय रोमधारी, बड़े तीक्ष्ण प्रज्वलित दंतयुक्त, संडसी जैसे नखों वाले, चर्म वस्त्रधारी, कुटिल-भृकुटि भयंकरतम वेश में यमराज को देखते हैं। वहां घोरतर पशु तथा यमदूत उपस्थित मिलते हैं।

यमराज हमसे सदा शुभ कर्म की आशा करते हैं लेकिन जब कोई ऐसा नहीं कर पाता है तो भयानक दंड द्वारा जीव को शुद्ध करना ही इनके लोक का मुख्य कार्य है। ऐसी आत्माओं को यमराज नरक में भेज देते हैं।

18

आखिर कौन था वह??

- आखिर कौन था वह??

आधुनिक समय में भूत-प्रेत अंधविश्वास के प्रतीक के रूप में देखे जाते हैं पर कुछ लोग ऐसे भी हैं जो भूत-प्रेतों के अस्तित्व को नकार नहीं सकते। कुछ लोग (पढ़े-लिखे) जिन्हें भूत-प्रेत पर पूरा विश्वास होता है वे भी इन आत्माओं के अस्तित्व को नकार जाते हैं क्योंकि उनको पता है कि अगर वे किसी से इन बातों का जिक्र किए तो सामने वाला भी (चाहें भले इन बातों को मानता हो पर वह) यही बोलेगा, "पढ़े-लिखे होने के बाद भी, आप ये कैसी बातें कर रहे हैं?" और इस प्रश्न का उत्तर देने और लोगों के सामने अपने को गँवारू समझे जाने से बचने के लिए लोग इन बातों का जिक्र करने से बचते हैं।

मैं आज यहाँ दो वृतांत का वर्णन करूँगा जिसको सुनने-पढ़ने के बाद आपको क्या लगता है अवश्य बताएं। खैर मैं भी तो भूत-प्रेत को नहीं मानता पर कभी-कभी कुछ ऐसी घटनाएँ घट जाती हैं कि भूत-प्रेत के अस्तित्व को नकारना बनावटी लगता है।

बात कोई 15-16 साल पहले की है। मैं जिस जगह पर काम करता था वहीं पास में एक फ्लैट किराए पर लिया था। इस फ्लैट में मैं अकेले रहता था हाँ पर कभी-कभी कोई मित्र-संबंधी आदि भी आते रहते थे। इस फ्लैट में एक बड़ा-सा हाल था और इसी हाल से संबंध एक बाथरूम और रसोईघर। एक छोटे से परिवार के लिए यह फ्लैट बहुत ही अच्छा था और सबसे खास बात इस फ्लैट कि यह थी कि यह पूरी तरह से खुला-खुला था। मैं आपको बता दूँ कि इस फ्लैट का हाल बहुत बड़ा था और इसके पिछले छोर पर सीसे जड़ित दरवाजे लगे थे जिसे आप आसानी से खोल सकते थे। पर मैं इस हाल के पिछले भाग को बहुत कम ही खोलता था क्योंकि कभी-कभी भूलबस अगर यह खुला रह गया तो बंदर आदि आसानी से घर में आ जाते थे और बहुत सारा सामान इधर-उधर कर देते है। आप सोच रहे होंगे कि बंदर आदि कहाँ से आते होंगे तो मैं आप लोगों को बताना भूल गया कि यह हमारी बिल्डिंग एकदम से एक सुनसान किनारे पर थी और इसके अगल-बगल में बहुत सारे पेड़-पौधे, जंगली झाड़ियाँ

आदि थीं। अपने फ्लैट में से नीचे झाँकने पर साँप आदि जानवरों के दर्शन आम बात थी।

एक दिन साम के समय मेरे गाँव का ही एक लड़का जो उसी शहर में किसी दूसरी कंपनी में काम करता था, मुझसे मिलने आया। मैंने उससे कहा कि आज तुम यहीं रूक जाओ और सुबह यहीं से ड्यूटी चले जाना। पर वह बोला कि मेरी ड्यूटी सुबह 7 बजे से होती है इसलिए मुझे 5 बजे जगना पड़ेगा और आप तो 7-8 बजे तक सोए रहते हैं तो कहीं मैं भी सोया रह गया तो मेरी ड्यूटी नहीं हो पाएगी। इस पर मैंने कहा कि कोई बात नहीं। एक काम करते हैं, चार बजे सुबह का एलार्म लगा देते हैं और तूँ जल्दी से जगकर अपने लिए टिफिन भी बना लेना पर हाँ एक काम करना मुझे मत जगाना। इसके बाद वह रहने को तैयार हो गया।

रात को खा-पीकर लगभग 11.30 तक हम लोग सो गए। हम दोनों हाल में ही सोए थे। मैं खाट पर सोया था और वह लड़का लगभग मेरे से 2 मीटर की दूरी पर चट्टाई बिछाकर नीचे ही सोया था। एक बात और रात को सोते समय भी मैं हाल में जीरो वाट का बल्ल जलाकर रखता था।

अचानक लगभग रात के दो बजे मेरी नींद खुली। यहाँ मैं आप लोगों को बता दूँ कि वास्तव में मेरी नींद खुल गयी थी पर मैं लेटे-लेटे ही मेरी नजर किचन के दरवाजे की ओर चली गई, मैं क्या देखता हूँ कि एक व्यक्ति किचन का दरवाजा खोलकर अंदर गया और मैं कुछ बोलूँ उससे पहले ही फिर से किचन का दरवाजा धीरे-धीरे बंद हो गया। मुझे इसमें कोई हैरानी नहीं हुई क्योंकि मुझे पता था कि गाँववाला लड़का ड्यूटी के लिए लेट न हो इस चक्कर में जल्दी जग गया होगा। बिना गाँववाले बच्चे की ओर देखे ही ये सब बातें मेरे दिमाग में उठ रही थीं। पर अरे यह क्या फिर से अचानक किचन का दरवाजा खुला और उसमें से एक आदमी निकलकर बाथरूम में घुसा और फिर से बाथरूम का दरवाजा बंद हो गया। अब तो मुझे थोड़ा गुस्सा भी आया और चूँकि वह गाँव का लड़का रिश्ते में मेरा लड़का लगता है इसलिए मैंने घड़ी देखी और उसके बिस्तर की ओर देखकर गाली देते हुए बोला कि बेटे अभी तो 3 भी नहीं बजा है और तूँ जगकर खटर-पटर शुरू कर दिया। अरे यह क्या इतना कहते ही अचानक मेरे दिमाग में यह बात आई कि मैं इसे क्यों बोल रहा हूँ यह तो सोया है।

अब तो मैं फटाक से खाट से उठा और दौड़कर उस बच्चे को जगाया, वह आँख मलते हुए उठा पर मैं उसको कुछ बताए बिना सिर्फ इतना ही पूछा कि क्या तूँ 2-3 मिनट पहले जगा था तो वह बोला नहीं तो और वह फिर से सो गया। अब मेरे समझ में कुछ भी नहीं आ रहा था, मैंने हाल में लगे ट्यूब को भी जला दिया था अब पूरे हाल में पूरा प्रकाश था और मेरी नजरें अब कभी बाथरूम के दरवाजे पर तो कभी किचन के दरवाजे पर थीं पर किचन और बाथरूम के दरवाजे अब पूरी तरह से बंद थे अब मैं हिम्मत करके उठा और धीरे से जाकर बाथरूम का दरवाजा खोला। बाथरूम छोटा था और उसमें कोई नहीं दिखा इसके बाद मैं किचन का दरवाजा खोला और उसमें भी लगे बल्ब को जला दिया पर वहाँ भी कोई नहीं था अब मैं क्या करूँ। नींद भी एकदम से उड़ चुकी थी।

इस घटना का जिक्र मैंने किसी से नहीं किया। मुझे लगा यह मेरा वहम था और अगर किसी को बताऊँगा तो कोई मेरे रूम में भी शायद आने में डरने लगे।

इस घटना को बीते लगभग 1 महीने हो गए थे और रात को फिर कभी मुझे ऐसा अनुभव नहीं हुआ। एक दिन मेरे गाँव के दो लोग हमारे पास आए। उनमें से एक को विदेश जाना था और दूसरा उनको छोड़ने आया था। वे लोग रात को मेरे यहाँ ही रूके थे और उस रात मैं अपने एक रिस्तेदार से मिलने चला गया था और रात को वापस नहीं आया।

सुबह-सुबह जब मैं अपने रूम पर पहुँचा तो वे दोनों लोग तैयार होकर बैठे थे और मेरा ही इंतजार कर रहे थे। ऐसा लग रहा था कि वे बहुत ही डरे हुए और उदास हों। मेरे आते ही वे लोग बोल पड़े कि अब हम लोग जा रहें हैं। मैंने उन लोगों से पूछा कि फ्लाइट तो कल है तो आज की रात आप लोग कहाँ ठहरेंगे। उनमें से एक ने बोला रोड पर सो लेंगे पर इस कमरे में नहीं। अरे अब अचानक मुझे 1 महीना पहले घटित घटना याद आ गई। मैंने सोचा तो क्या इन लोगों ने भी इस फ्लैट में किसी अजनबी (आत्मा) को देखा?

मैंने उन लोगों से पूछा कि आखिर बात क्या हुई तो उनमें से एक ने कहा कि रात को कोई व्यक्ति आकर मुझे जगाया और बोला कि कंपनी में चलते हैं। मेरा पर्स वहीं छूट गया है। फिर मैं थोड़ा डर गया और इसको भी जगा दिया। इसने भी उस व्यक्ति को देखा वह देखने में एकदम सीधा-साधा लग रहा था और शालीन भी। हम लोग एकदम डर गए थे क्योंकि हमें वह व्यक्ति इसके बाद किचन में जाता हुआ दिखाई दिया था और उसके बाद फिर कभी किचन से बाहर नहीं निकला और हमलोगों का डर के मारे बुरा हाल था। हमलोग रातभर बैठकर हनुमान का नाम जपते रहे और उस किचन के दरवाजे की ओर टकटकी लगाकर देखते रहे पर सुबह हो गई है और वह आदमी अभी तक किचन से बाहर नहीं निकला है।

अब तो मैं भी थोड़ा डर गया और उन दोनों को साथ लेकर तेजी से किचन का दरवाजा खोला पर किचन में तो कोई नहीं था। हाँ पर किचन में गौर से छानबीन करने के बाद हमने पाया कि कुछ तो गड़बड़ है। जी हाँ.... दरअसल फ्रिज खोलने के बाद हमने देखा कि फ्रीज में लगभग जो 1 किलो टमाटर रखे हुए थे वे गायब थे और टमाटर के कुछ बीज, रस आदि वहीं नीचे गिरे हुए थे और इसके साथ ही किचन में एक अजीब गंध फैली हुई थी।

खैर पता नहीं यह हम लोगों को वहम था या वास्तव में कोई आत्मा हमारे रूम में आई थी। मैंने इससे छुटकारा पाने के लिए उस फ्लैट को ही चेंज कर दिया और दूसरे बिल्डिंग में आकर रहने लगे।

19

घुटन

- घुटन

ये बात काफी पुरानी है शायद १९९१ से १९९२ के लगभग की घटना है, हमारे पड़ोस में एक किरायेदार रहा करते थे, उनकी सर्विस टू व्हीलर कंपनी में एक मैकेनिक की थी उनकी प्रवृति नास्तिक थी, और उनकी पत्नी और बच्चे काफी धार्मिक थे उनके बीच में हमेशा इसी बात को लेकर झगड़ा होता था कि जब भी कोई धार्मिक समारोह होता जैसे कोई साधू संत का प्रवचन होना हो या कोई झांकी को, या फिर पड़ोस में किसी के भी यहाँ भजन मंडली का कार्यक्रम हो तो उनकी पत्नी किसी भी समारोह में पुण्य कमाने का अवसर नहीं खोना चाहती थी इसीलिए वो जब भी किसी का बुलावा आता या कोई ऊँचे साधु -संतो का प्रवचन होता वो तुरंत वहाँ जाने के लिए तैयार हो जाती थी यही बात उनके पति को अच्छी नहीं लगती थी, क्योंकि उनके इस तरह के बुलावो में जाने से उनके दैनिक कार्य में व्यवधान पड़ता था |

मित्रो बात भी सही थी क्योंकि पहली जिम्मेदारी हमारे घर की होती है बाद में अन्य कार्यो कि ,लेकिन दोस्तों उनके पति हमेशा से नास्तिक नहीं थे, क्योंकि जब भी वो किसी देव स्थान से गुजरते अपना सिर जरूर झुकाते थे इसी से हमने ये बात नोटिस कर ली ये अन्दर से धार्मिक तो जरुर है ,लेकिन इनके नास्तिक होने का काफी श्रेय इनकी पत्नी को जाता है , क्योंकि इंसान के कर्म और भाग्य दोनों एक साथ चलते है,आप चाहे कितनी भी अच्छी क़िस्मत लिखा के क्यों न लाये हो फल तो कर्म के अनुसार ही मिलेगा...

इनकी पत्नी को घर के मकान की बहुत लालसा रहती थी,और भाग्य ने साथ दिया तो उनके ,होम लोन की दिक्कते दूर हो गई, और उन्होंने अच्छा सा मकान खरीद लिया| दोस्तों , अब यहाँ से बात शुरू होती है ,उनकी पत्नी के कारण उन अंकल को पूजा,पाठ, और हवन शांति, गृह प्रवेश को बिलकुल सिरे से नकार दिया और घर मे शिफ्ट हो गए, उस घर में जाते ही सबसे पहले तो उन अंकल को भगवान की तस्वीरे लगाते ही ,किल से गहरा जख्म हो गया और खून की धार जमीन पर गिर गई , उनको सात टाँके आये , घर में शिफ्ट होने के बाद वो

कुछ समय के लिए कही बाहर चले गए , वापस आये तो उनके साथ अजीब -२ बाते होने लगी , उनको रात में कभी-२ ऐसा महसूस होता की कोई उनके पास से होकर सिडियो की तरफ जा रहा है , तो कभी-२ उनको नींद में ऐसा लगता की किसी की आने की झपकी पड़ी हो|

अब इस तरह उनको २-३ महीने हो गए , फिर एक दिन और एक बात हुई उन अंकल की तबीयत खराब हो गयी सब जांचेहो गई लेकिन कोई समस्या नहीं आई , लेकिन वो अंकल अपनी पत्नी से कहते की मुझे बहुत घुटन महसूस हो रही है, और मन भी खराब हो रहा है , वो अपनी पत्नी से बोलते पता नहीं मुझे बार -२ ऐसा लग रहा है की बहुत जी भरकर ,रोऊ........... दोस्तों यहाँ आपको ऐसा लग रहा होगा ये क्या बात हुई कोई अपने आप क्यों रोयेगा,, लेकिन दोस्तों जो मैंने सुना वही बता रहा हूँ ,, आगे चलते है दोस्तों... उसके बाद वो अपनी पत्नी से बोले की पता नहीं पर मुझे लग रहा है की मैं अनाथ हो गया हूँ और सब मुझे छोड़कर चले गए... इसलिए मुझे रोने की इच्छा हो रही है उनकी पत्नी बोली ये क्या बोल रहे हो कहाँ सब चले गए ऐसी बाते क्यों कर रहे हो ,

दोस्तों , समय निकलता रहा , धीरे-धीरे परिवार में सभी सदस्य उदास-२ से और चुप रहने लगे कोई किसी से ज्यादा बात नहीं करता था , उनके घर पर कोई भी उनसे मिलने के लिए जाता तो यही कहता उनके यहाँ तो जाते ही ऐसा महसूस होता है जैसे कोई मर गया हो और उसको जलाने कि तैयारी में गए हो,

और घुटन सी भी और रोने जैसी हालत हो जाती है , इसलिए हम तो वहाँ ज्यादा नहीं जाते है आजकल..... दोस्तों हम, कहते हैं न की अच्छे कर्मो का फल हमेशा मिलता है हम तो शायद ये उनकी पत्नी के अच्छे कर्मो का ही फल मानते है की एक दिन एक सारंगी बजाने वाला जिसको हम लोग (कमली) भी कहते है उधर से गुजर रहा था, तो उनके बच्चे बाहर ही बैठे थे , अचानक वो दरवाजे के पास आकर रुका और बच्चे को थोड़ी देर देखने के बाद कहा बेटा तुम्हारी मम्मी को बुलाओ , बच्चा अन्दर जाकर बोला मम्मी कोई मांगने वाला आया है आपको बुलाने के लिए कह रहा है....

उस बच्चे की मम्मी को देखकर सारंगी वाला बोला , बेटा तुम्हारे बच्चे का ध्यान रखना ,इसके साथ कोई दुर्घटना होने वाली है, वो बोली क्या दुर्घटना वाली है,,वो बोला तुम उसे रोक नहीं सकते जो होना वो तो होकर रहेगा हम उसे नहीं रोक सकते है , पर जितना जल्दी हो सके इस मकान को छोड़ दो.... या फिर इस घर में गायत्री पाठ और दुर्गा सप्तशती का ९ दिन तक अखंड पाठ करा लेना नहीं तो तुम यहाँ चैन से नहीं रह पाओगे और कुछ भी हो सकता है , वो सारंगी वाला चला गया,, उसके थोड़ी देर बाद बच्चे की माँ ने उसे किराने की दुकान से कुछ लाने के लिए भेजा, जो रोड के उस पार थी तो वो बच्चा जब सामान लेकर आ रहा था तो उसको किसी स्कूटर वाले ने टक्कर लगा दी ,

इतिफाक से बच्चे को भी सात टाँके आये| अब जब से वो सारंगी वाला बोल कर गया तब से वो घर में दहशत सी फैल गई, फिर उन आंटी ने वहाँ गायत्री पाठ और सप्तशती चंडी का पाठ कराने की सोच ली लेकिन जब भी इसका नाम लेते तो उनके पति फिर से इन सभी

चीजों को नकारते रहते , उनकी पत्नी की स्तिथि ऐसी हो गई जैसे एक तरफ कुंवा एक तरफ खाई और बीच में शेर....... एक तरह से देखा जाए तो जब भी इस घर के शुदि्धकरण की बात आती तो हमेशा नकारात्मक सोच ही उभर के आती थी,

एक दिन उन अंकल के कोई रिश्तेदार वह मिलने आये जो भजन किर्तन में व्यस्त रहते थे, उन्होंने भी जब वो जाने लगे तो वो बोले तुम ये मकान जल्दी से छोड़ दो नहीं तो कुछ भी हो सकता है मुझे यहाँ कुछ अच्छा नहीं लग रहा है.... फिर काफी जनों की राय लेने के बाद उनको वो घर छोड़ना ही पड़ा ,, फिर कुछ महीनों बाद वो आंटी एक बुजूर्ग महिला से बाते कर रही थी तो बातों-बातों में उस मकान की जिक्र चला तो उन बुजूर्ग महिला ने बताया की यहाँ पर एक लड़की छत से गिर गई थी,, और जब दूसरा परिवार जब रहने आया तो एक दिन घर में करंट फैलने से साथ ,सात लोग एक साथ मर गए थे...

ये घटना उन बुजुर्ग महिला के शादी के समय के आस-पास की घटना थी........ तो दोस्तों इस पूरे घटनाक्रम में सात के आंकड़े का माजरा समझ के भी नहीं समझ नही आया ,, लेकिन इस किस्से में एक बात तो सही है की बिना मुहूर्त और पूजा-पाठ के कोई महत्वपूर्ण काम करने से क्या-२ अनहोनी हो सकती है.

20
पुराना कब्रिस्तान

- पुराना कब्रिस्तान

यह कोई काल्पनिक कहानी या फिल्म की कहानी नहीं है बल्कि आँखों देखा सच है! मैं कंपनी की ओर से पिकनिक पर गया हुआ था! पिकनिक शहर के बाहर एक रेसोर्ट में थी! पहले कंपनी के लोगों ने क्रिकेट और अन्य खेल खेले, उसके बाद रेसोर्ट में ही बने वाटर पार्क में चले गए ! वहां केवल कुछ लोगों को ही तैरना आता था, वो सब गहरे पानी मैं तैर रहे थे, बाकी सब कम गहरे पानी में तैर रहे थे !

हम दोस्तों में एक शर्त लगी, पानी मे एक सिक्का फैका जायेगा और जो सब से कम समय में सिक्का ढून्ढ के लायेगा वह जीत जाएगा! सब ने बारी बारी से गोता लगाया मगर किसी को सिक्का मिला तक नहीं ! अगली बारी मेरी थी ! मैं भी कूद गया, लेकिन पानी में जाते ही दृश्य बदल गया !

मैंने पाया कि जमीन 20 या 25 फीट दूर थी ! नीचे एक कब्रिस्तान दिखाई दे रहा था! वहाँ एक औरत खड़ी थी जो चेहरे और पोशाक से भारतीय नहीं लग रही थी ! उसके हाथ मे वही सिक्का था! वह अपना हाथ ऊपर की ओर करके खड़ी थी !ऐसा लग रहा था मानो की वो मुझे ही सिक्का देने के लिए खड़ी हो!

मै जैसे उसके सम्मोहन में आगे बढता चला जा रहा था ! कुछ ही क्षणों में मै उसके करीब था और मैंने उसके हाथ से सिक्का ले लिया! जैसे ही मै वापस आने लगा, उसने मेरा हाथ पकड़ कर खींच लिया अब उसका और मेरा चेहरा आमने सामने था ! एक ही पल में उसका चेहरा बदल गया और एक भयानक रूप ले लिया ! उसकी आँखों से खून निकल रहा था और उसके चेहरे पर एक भयानक सी मुस्कान थी!

मेरे डर की कोई सीमा नहीं थी! मै डर के मारे कांप गया ! मैंने झटके से अपना हाथ छुड़ाया ! हाथ छुड़ाते ही कब्रिस्तान और महिला दोनों गायब हो गए और मैंने अपने आप को पूल में पाया!मुझे लगा जैसे कि मैं किसी सपने से जागा हूँ! मैं जल्दी से पानी से बाहर आ

गया और दूर जाकर बैठ गया! मेरी साँस फूल रही थी ओर मै खांस रहा था! मेरे दोस्तों मेरी मदद करने लगे ! थोड़ी देर में मै सामान्य था!

हर कोई पूछ रहा था कि क्या हुआ ! मैंने बस सर हिलाते हुए कुछ नहीं मे जवाब दिया! मैंने मुट्ठी खोल कर देखी तो सिक्का मेरे हाथ मे था ! ये देख मेरे दोस्त ख़ुशी से उछलने लगे और मुझे बधाई देने लगे! दोस्तों ने फिर से शर्त लगाई मगर मै फिर से पानी मे नहीं गया !

शाम हो गयी थी ,हमारी बस जाने वाली थी, हम कुछ लोग सिगरेट पीने बाहर चले गए! मेरे दोस्त मजाक कर रहे थे ओर जोर जोर से हंस रहे थे !सामने खडे एक अंकल हमारी बातें गौर से सुन रहे थे और बीच बीच मे तड़का भी मार रहे थे !

मै चुपचाप खड़ा था! मेरे एक दोस्त ने मजाक मे पूछा कि मै तब से चुप क्यों हूँ , क्या अन्दर कोई भूत देख लिया ? ये सुनकर अंकल ने मजाकिया लिहाज मे कहा कि अंग्रेजों के ज़माने मे यहाँ कब्रिस्तान हुआ करता था ,ज़रूर किसी गोरे का भूत देख लिया होगा ! ये सुनकर सब हसने लगे मगर मुझको यकीन हो गया था कि जो मैंने देखा वह मेरा वहम नहीं था !

21

अमावस्या का रहस्य

- अमावस्या का रहस्य

वर्ष के मान से उत्तरायण में और माह के मान से शुक्ल पक्ष में देव आत्माएं सक्रिय रहती हैं तो दक्षिणायन और कृष्ण पक्ष में दैत्य आत्माएं ज्यादा सक्रिय रहती हैं। जब दानवी आत्माएं ज्यादा सक्रिय रहती हैं, तब मनुष्यों में भी दानवी प्रवृत्ति का असर बढ़ जाता है इसीलिए उक्त दिनों के महत्वपूर्ण दिन में व्यक्ति के मन-मस्तिष्क को धर्म की ओर मोड़ दिया जाता है।

अमावस्या के दिन भूत-प्रेत, पितृ, पिशाच, निशाचर जीव-जंतु और दैत्य ज्यादा सक्रिय और उन्मुक्त रहते हैं। ऐसे दिन की प्रकृति को जानकर विशेष सावधानी रखनी चाहिए। प्रेत के शरीर की रचना में 25 प्रतिशत फिजिकल एटम और 75 प्रतिशत ईथरिक एटम होता है। इसी प्रकार पितृ शरीर के निर्माण में 25 प्रतिशत ईथरिक एटम और 75 प्रतिशत एस्ट्रल एटम होता है। अगर ईथरिक एटम सघन हो जाए तो प्रेतों का छायाचित्र लिया जा सकता है और इसी प्रकार यदि एस्ट्रल एटम सघन हो जाए तो पितरों का भी छायाचित्र लिया जा सकता है।

ज्योतिष में चन्द्र को मन का देवता माना गया है। अमावस्या के दिन चन्द्रमा दिखाई नहीं देता। ऐसे में जो लोग अति भावुक होते हैं, उन पर इस बात का सर्वाधिक प्रभाव पड़ता है। लड़कियां मन से बहुत ही भावुक होती हैं। इस दिन चन्द्रमा नहीं दिखाई देता तो ऐसे में हमारे शरीर में हलचल अधिक बढ़ जाती है। जो व्यक्ति नकारात्मक सोच वाला होता है उसे नकारात्मक शक्ति अपने प्रभाव में ले लेती है।

धर्मग्रंथों में चन्द्रमा की 16वीं कला को 'अमा' कहा गया है। चन्द्रमंडल की 'अमा' नाम की महाकला है जिसमें चन्द्रमा की 16 कलाओं की शक्ति शामिल है। शास्त्रों में अमा के अनेक नाम आए हैं, जैसे अमावस्या, सूर्य-चन्द्र संगम, पंचदशी, अमावसी, अमावासी या अमामासी। अमावस्या के दिन चन्द्र नहीं दिखाई देता अर्थात जिसका क्षय और उदय नहीं

होता है उसे अमावस्या कहा गया है, तब इसे 'कुहू अमावस्या' भी कहा जाता है। अमावस्या माह में एक बार ही आती है। शास्त्रों में अमावस्या तिथि का स्वामी पितृदेव को माना जाता है। अमावस्या सूर्य और चन्द्र के मिलन का काल है। इस दिन दोनों ही एक ही राशि में रहते हैं।

22

जब उसे मिला भूतही खजाना

- जब उसे मिला भूतही खजाना

कहते हैं कि 'देनेवाला जब भी देता, देता छप्पर फाड़ के' पर ये जो देनेवाला है वह ईश्वर की ओर इशारा कर रहा है पर आपको पता है क्या कि अगर कोई भूत भी अति प्रसन्न हो जाए तो वह भी मालदार बना देता है। जी हाँ, हम आज बात कर रहे हैं एक ऐसे भूत की जिसने एक घूम-घूमकर मूँगफली और गुड़धनिया (गुड़ और मुरमुरे (चावल के भुजे) से बना बहुत छोटा-छोटा लड्डू के आकार की खाने की वस्तु) बेचने वाले पर इतना प्रसन्न हुआ कि उसे मालदार बना दिया। आखिर क्यों और कैसे?? आइए इस कहानी को आगे बढ़ाते हैं ताकि इन रहस्यों पर से परदा उठ सके।

हाँ, एक बात और इस कहानी को आगे बढ़ाने के पहले मैं आप लोगों को बता दूँ कि इस कहानी में कितनी सत्यता है यह मैं नहीं कह सकता क्योंकि यह कहानी भी मैं अपने गाँव-जवार में सुनी है और गँवई जनता की माने तो इस घटना को घटे लगभग 70-80 साल हो गए होंगे।

पहले गाँवों में कुछ बनिया फेरी करने आते थे (आज भी आते हैं पर कम मात्रा में)। कोई छोटी-मोटी खाने की चीजें बेचता था तो कोई शृंगार के सामान या धनिया-मसाला आदि। ये लोग एक दउरी (एक पात्र) में इन सामानों को रखकर गाँव-गाँव घूमकर बेंचते थे। आज तो जमाना बदल गया है और गाँवों में भी कई सारी दुकानें खुल गई हैं और अगर कोई बाहर से बेंचने भी आता है तो ठेले पर सामान लेकर या साइकिल आदि पर बर्फ, आइसक्रीम आदि लेकर।

हाँ तो यह कहानी एक ऐसे ही बनिये से संबंध रखती है जो गाँव-गाँव घूमकर मूँगफली, गुड़धनिया, मसलपट्टी आदि बेंचता था। इस बनिए का नाम रामधन था। रामधन सूनी

पगडंडियों, बड़े-बड़े बगीचों आदि से होकर एक गाँव से दूसरे गाँव जाता था। रामधन रोज सुबह-सुबह मूँगफली, गुड़धनिया आदि अपने दउरी (पात्र) में रखता और किसी दूसरे गाँव में निकल जाता। एक गाँव से दूसरे गाँव होते हुए मूँगफली, गुड़धनिया बेंचते हुए वह तिजहरिया या कभी-कभी शाम को अपने गाँव वापस आता। जब वह अपनी दउरी उठाए चलता और बीच-बीच में बोला करता, "ले गुड़धनिया, ले मूंगफली। ले मसलपट्टी, दाँत में सट्टी, लइका (बच्चा) खाई सयान हो जाई, बूढ़ खाई (खाएगा) जवान हो जाई।" उसकी इतनी बात सुनते ही बच्चे अपन-अपने घर की ओर भागते हुए यह चिल्लाते थे कि मसलपट्टीवाला आया, मूंगफलीवाला आया। और इसके साथ ही वे अपने घर में घुसकर छोटी-छोटी डलिया में या फाड़ आदि में धान, गेंहूँ आदि लेकर आते थे और मूंगफली, गुड़धनिया आदि खरीदकर खाते थे।

एकदिन की बात है। गरमी का मौसम था और दोपहर का समय। लू इतनी तेज चल रही थी कि लोग अपने घरों में ही दुबके थे। इसी समय रामधन अपने सिर पर दउरी उठाए हमारे गाँव से पास के गाँव में खेतों (मेंड़) से होकर चला। कहीं-कहीं तो इन मेंड़ों के दोनों तरफ दो-दो बिगहा (बिघा) केवल गन्ने के ही खेत रहते थे और अकेले इन मेड़ों से गुजरने में बहुत डर लगता था। कमजोर दिल आदमी तो अकेले या खर-खर दुपहरिया या शाम को इन मेंड़ों से गुजरना क्या उधर जाने की सोचकर ही धोती गीली कर देता था।

हमारे गाँव से वह पास के जिस गाँव में जा रहा था उसकी दूरी लगभग 1 कोस (3 किमी) है और बीच में एक बड़ी बारी (बगीचा- इसे हमलोग आज भी बड़की बारी के नाम से पुकारते हैं) भी पड़ती थी। यह बारी इतनी घनी थी कि दोपहर में भी इसमें अंधेरा जैसा माहौल रहता था। इस बगीचे में आम के पेड़ों की अधिकता थी पर इस बारी के बीच में एक बड़ा बरगद का पेड़ भी था।

रामधन इस बगीचे में पहुँचकर अपनी दउरी को उतारकर एक पेड़ के नीचे रख दिया और सोचा कि थोड़ा सुस्ताने (आराम करने) के बाद आगे बढ़ता हूँ। वह वहीं एक पेड़ की थोड़ी ऊपर उठी जड़ को अपना तकिया बनाया और अपने गमछे को बिछा कर आराम करने लगा। उसको पता ही नहीं चला कि कब उसकी आँख लग गई (नींद आ गई)। अचानक उसे लगा कि बगीचे में कहीं बहुत तेज आँधी उठी है और डालियों आदि के टकराने से बहुत शोर हो रहा है। वह उठकर बैठ गया और डालियों की टकराहट वाली दिशा में देखा। अरे हाँ वह जहाँ सोया था वहाँ से कुछ ही दूरी पर दो पेड़ की डालियाँ बहुत तेजी से नीचे-ऊपर हो रही थीं और कभी-कभी इन डालियों के आपस में टकराहट से बहुत डरावनी आवाज भी होती थी। अगर कमजोर दिल आदमी अकेले में यह देख ले तो उसका दिल मुँह में आ जाए पर रामधान को तो यह आदत थी। वह मन ही मन सोंचा कि शायद भूत आपस में झगड़ा कर रहे हैं या कोई खेल खेल रहें हैं। वह डरनेवालों में से नहीं था वह वहीं लेटे-लेटे इन भूतों की लड़ाई का आनंद लेने लगा पर उसे कोई भूत दिखाई नहीं दे रहा था बस हवा ही उन पेड़ों के पास बहुत ही डरावनी और तीव्र बह रही थी।

रामधन के लिए भूतों की लड़ाई या खेल आम बात थी। उसे बराबर सुनसान रास्तों, झाड़ियों, घने-घने बगीचों आदि से होकर अकेले जाना पड़ता था अगर वह डरने लगे तो उसका धंधा ही चौपट हो जाए। उसका पाला बहुत बार भूत-प्रेत, चुड़ैलों आदि से पड़ा था पर किसी ने उसका कुछ नहीं बिगाड़ा था। वह अपने आप को बहुत बहादुर समझता था और इन भूत-प्रेतों को आम इंसान से ज्यादे तवज्जो नहीं देता था।

रामधन ने लेटे-लेटे ही अचानक देखा कि एक बड़ा ही भयंकर और विशालकाय प्रेत इस पेड़ से उस पेड़ पर क्रोधित होकर कूद रहा है और इसी कारण से उन दोनों पेड़ की डालियाँ बहुत वेग से चरर-मरर की आवाज करते हुए नीचे-ऊपर हो रही हैं। रामधन को और कुतुहल हुआ और अब वह और सतर्क होकर उस भूत को देखने लगा। अरे रामधन को लगा कि अभी तो यह प्रेत अकेले था अब यह दूसरा कहाँ से आ गया। अच्छा तो यह बात है. अब रामधन को सब समझ में आ गया। दरअसल बात यह थी कि यहाँ भूतों का खेल नहीं भयंकर झगड़ा चल रहा था। वह बड़ा भूत उस दूसरे भूत को पकड़ने की कोशिश कर रहा था पर कामयाब नहीं हो रहा था और इसी गुस्से में डालियों को भी तोड़-मरोड़ रहा था। अरे अब तो रामधन को और मजा आने लगा था क्योंकि भूतों की संख्या बढ़ती जा रही थी। अभी तक जो ये भूत अदृश्य थे अब एक-एक करके दृश्य होते जा रहे थे। और रामधन के लिए सबसे बड़ी बात यह थी कि आजतक उसका पाला जितने भूत-प्रेत, चुड़ैलों आदि से पड़ा था उनमें काफी समानता थी पर आज जो भूत-प्रेत एक-एक कर प्रकट हो रहे थे उनमें काफी असमानता थी। वे एक से बढ़कर एक विकराल थे। किसी-किसी की सूरत तो बहुत ही डरावनी थी। रामधन को एक ऐसी भूतनी भी दिखी जिसके दो सिर और तीन पैर थे। उसके नाक नहीं थे और उसकी आँख भी एक ही थी और वह भी मुँह के नीचे।

रामधन अब उठकर बैठ चुका था और अब भूतों के लड़ने की प्रक्रिया भी बहुत तेज हो चुकी थी। भूत एक दूसरे के जान के प्यासे हो गए थे। इन भूतों की लड़ाई में कई डालियाँ भी टूट चुकी थीं और उस बगीचे में बवंडर उठ गया था। अंत में रामधन ने देखा कि एक विकराल बड़े भूत ने एक कमजोर भूत को पकड़ लिया है और बेतहासा उसे मारे जा रहा है। अब धीरे-धीरे करके भूत अदृश्य भी होते जा रहे थे। अब वहाँ वही केवल तीन टांगवाली भूतनी ही बची थी और वह भयंकर विकराल भूत।

अब रामधन भी उठा क्योंकि इन भूतों की लड़ाई में लगभग उसके 1 घंटे निकल चुके थे। रामधन ने ज्यों ही अपनी दउरी उठाना चाहा वह उठ ही नहीं रही थी। रामधन को लगा कि अचानक यह दउरी इतनी भारी क्यों हो गई? उसने दुबारा कोशिश की और फिर तिबारा पर दउरी उठी नहीं, वह पसीने से पूरा नहा गया और किसी अनिष्ठ की आशंका से काँप गया। उसने मन ही मन हनुमान जी नाम लिया पर आज उसे क्या हो गया। वह समझ नहीं पा रहा था। आजतक तो वह कभी डरा नहीं था पर आज उसे डर सताने लगा। उसके पूरे शरीर में एक कंपकंपी-सी उठ रही थी और उसके सारे रोएँ तीर-जैसे एकदम खड़े हो गए थे।

अचानक उसे उस बगीचे में किसी के चलने की आवाज सुनाई दी। ऐसा लग रहा था कि कोई मदमस्त हाथी की चाल से उसके तरफ बढ़ रहा है। रामधन को कुछ दिख तो नहीं रहा था पर ऐसा लग रहा था कि कोई उसकी ओर बढ़ रहा है। उसके पैरों के नीचे आकर सूखी पत्तियाँ चरर-मरर कर रही थीं। अब रामधन ने थोड़ा हिम्मत से काम लिया और भागना उचित नहीं समझा। उसने मन ही मन सोचा कि आज जो कुछ भी हो जाए पर वह यहाँ से भागेगा नहीं। अचानक उस दैत्याकार अदृश्य प्राणी के चलने की आवाज थम गई। अब रामधन थोड़ा और हिम्मत करके चिल्लाया, "कौन है? कौन है? जो कोई भी है...सामने क्यों नहीं आता है?"

अब सब कुछ स्पष्ट था क्योंकि एक विकराल भूत (शायद यह वही था जो दूसरे भूत को मार रहा था) रामधन के पास दृश्य हुआ पर एकदम शांत भाव से। अब वह गुस्से में नहीं लग रहा था। रामधन ने थूक घोंटकर कहा, "कौन हो तुम और क्या चाहते हो? क्यों......मुझे......परेशाना कर रहे हो.....मैं डरता नहींssssssssss।" वह विकराल भूत बोला, "डरो मत! मैं तुम्हें डराने भी नहीं आया हूँ। मैं यहां का राजा हूँ राजा और मेरे रहते किसी के डरने की आवश्यकता नहीं। अगर कोई डराने की कोशिश करेगा तो वही हश्र करूँगा जो उस कलमुनिया भूत का किया।" अब रामधन का डर थोड़ा कम हुआ और उसने उस भूत से पूछ बैठा, "क्या किया था उस कलमुनिया भूत ने?" वह विकराल भूत हँसा और कहा, "वह कलमुनिया काफी दिनों से इस ललमुनिया (तीनटंगरी) को सता रहा था। मैंने उसे कई बार चेतावनी दी पर समझा ही नहीं और हद तो आज तब हो गई जब उसने कुछ भूत-प्रेतों को एकत्र करके मुझपर हमला कर दिया। सबको मारा मैंने और दौड़ा-दौड़कर मारा।"

रामधन ने अपनी जान बचाने के लिए उस भूत की चमचागीरी में उसकी बहुत प्रशंसा की और बोला, "तो क्या अब मैं जाऊँ?" "हाँ जाओ, पर जाते-जाते कुछ तो खिला दो, बहुत भूख लगी है और थक भी गया हूँ।", उस विकराल भूत ने कहा। रामधन ने उस भूत से अपना पीछा छुड़ाने के लिए थोड़ा गुड़धनिया निकालकर उसे दे दिया। गुड़धनिया खाते ही वह भूत रामधन से विनीत भाव में बोला कि थोड़ा और दो ना, बहुत ही अच्छा है। मैं भी बचपन में बहुत गुड़धनिया खाता था। रामधन ने कहा कि नहीं-नहीं, अब नहीं मिलेगा, सब तू ही खा जाओगे तो मैं बेचूंगा क्या? भूत ने कहा कि बोलो कितना हुआ, मैं ही खरीद लेता हूँ। रामधन को अब थोड़ी लालच आ गई क्योंकि उसने सुन रखा था कि इन भूत-प्रेतों के पास अपार संपत्ति होती है अगर किसी पर प्रसन्न हो गए तो मालामाल कर देते हैं।

अब रामधन ने दउरी में से थोड़ा और गुड़धनिया निकालकर उस भूत की ओर बढ़ाते हुए बोला कि अब पैसा दो तो यह दउरी का पूरा सामान तूझे दे दूँगा। भूत ने उसके हाथ से गुड़धनिया ले लिया और खाते-खाते बोला कि मेरे पीछे-पीछे आओ। अब तो रामधन एकदम निडर होकर अपनी दउरी को उठाया और उस भूत के पीछे-पीछे चल दिया। वह भूत रामधन को लेकर उस बगीचे में एकदम उत्तर की ओर पहुँचा। यह उस बगीचे का एकदम उत्तरी छोर था। इस उत्तरी छोर पर एक जगह एक थोड़ा उठा हुआ टिला था और वहीं पास में मूँज आदि और एक छोटा नीम का पेड़ था। उस नीम के थोड़ा आगे एक छोटा-सा पलास का पेड़ा था।

उस विकराल भूत ने रामधन से कहा कि इस पलास के पेड़ के नीचे खोदो। रामधन ने कहा कि मेरे पास कुछ खोदने के लिए तो है ही नहीं। तुम्हीं खोदो। रामधन की बात सुनकर वह भूत आगे बढ़ा और देखते ही देखते वह और विकराल हो गया। उसके नख खुर्पी की तरह बड़े हो गए थे और इन्हीं नखों से वह उस पलास के पेड़ के नीचे लगा खोदने। खोदने का काम ज्यों ही खतम हुआ त्योंही रामधन ने उस गड्ढे में झाँककर देखा। उसे उस गड्ढे में एक बटुला दिखाई दिया। अब तो वह बिना कुछ सोचे-समझे उस गड्ढे में प्रवेश करके उस बटुले को बाहर निकाला। बटुला बहुत भारी था। उसने बटुले के मुख पर से ज्यौंकि ढक्कन हटाया उसकी आँखें खुली की खुली रह गईं क्योंकि बटुले में पुराने चाँदी के सिक्के थे। वह बहुत प्रसन्न हुआ और अपने दउरी में का सारा सामान वहीं गिरा दिया और भूत को बोला कि सब खा जाओ। भूत खाने पर टूट पड़ा और इधर रामधन ने उस बटुले का सारा माल अपने दउरी में रखा और उसे ढँककर तेजी से अपने गाँव की ओर चल पड़ा।

गाँव में पहुँचने के एक ही हप्ते बाद ऐसा लगा कि रामधन की लाटरी लग गई हो। उसने अपने मढ़ई के स्थान पर लिंटर बनवाना शुरू किया और धीरे-धीरे करके मूँगफली और गुड़धनिया बेंचने का धंधा बंद कर दिया।

सही कहा गया है कि देनेवाले भूतजी, जब भी देते, देते छप्पर भाड़कर।

~

23

बिना गुरु का साधक

• बिना गुरु का साधक

दोस्तों, ये घटना बहुत पुरानी तो नहीं है मगर इससे भी बीते करीब ५ साल हो गया है।

जेसा के आप सब जानते हैं के बिना गुरु के ज्ञान नहीं हो सकता, लेकिन एकलव्य ने बिना गुरु के भी ज्ञान प्राप्त कर लिया था। जिससे एकलव्य एक अच्छे धनुर्धर बने थे। लेकिन एकलव्य की वो महनत वो लगन उनकी धनुर्विद्या के लिए पर्याप्त थी परन्तु तंत्र मंत्र के क्षेत्र में इस प्रकार की महनत किसी काम की नहीं। इस क्षेत्र में एक सिद्ध गुरु का होना अत्यंत आवश्यक है। गुरु के सानिध्य के बिना ये तंत्र मंत्र एक ऐसी तलवार साबित होते हैं जो खुद को ही हानि पहुंचाते हैं।

मेरे पड़ोस में एक चाचा जी की दुकान है, उनके परिवार में वो दो भाई और उनकी पत्नी और बच्चे हैं और एक बूढ़े पिता हैं। उन्हें सब छोटे चाचा जी कहा करते हैं और उनके पिता जी जो कभी कभी दुकान पर आते हैं उनका भी सब बहुत सम्मान करते हैं। ये छोटे चाचा तो अपनी दुकान से ही अपनी रोज़ी रोटी चलाते हैं और इनके बड़े भाई एक फैक्ट्री में अच्छी पोस्ट पर कार्यरत हैं।गंगा पार शुक्लागंज में इनका अपना मकान भी है जहाँ ये सारे रहते हैं। इनकी जिंदगी सामान रूप से चल रही थी, मगर अगस्त के महीने में आने वाली नाग पंचमी ने चाचा जी के बड़े भाई की जिंदगी बदल दी।

नागपंचमी का दिन था वेसे तो उन्हें मंदिर आना जाना ज्यादा अच्छा नहीं लगता था मगर उस दिन न जाने क्या सूझी के वो माल रोड स्थित खैरेपति मंदिर अपने एक मित्र के साथ चले गए। नागपंचमी के दिन खैरेपति मंदिर में तो जैसे सपेरो और नागो का मेल लगता है। दोनों वहां गए और तरह तरह के नाग दर्शन किये और प्रशाद वगेरह चढ़ा कर वापस आ गए। वापस आये तो काफी उत्साहित थे। उन्होंने अपनी पत्नी को बताया की वहां एक अजीब किस्म का नाग देखा जो की अत्यंत खुबसूरत और काफी बड़ा था। जब उन्होंने सपेरे से पूछा की वो कौन सा नाग है और कहाँ मिला उसे, तो सपेरे ने उन्हें बताया की उसने सर्प मोहिनी

विद्या से किसी और सांप को पकड़ना चाहा था मगर ये वहां आ गया इसलिए इसे भी पकड़ लिया। चाचा जी ने उस विद्या और तंत्र मंत्र के बारे में कई सवाल पूछे मगर सपेरे ने विस्तृत जानकारी देने से मना कर दिया।

चाचा जी के मन में ये सब सीखने की लालसा जाग्रत होने लगी। उन्होंने सपेरे से अपना शिष्य बनाने का आग्रह किया मगर सपेरे ने ये कह कर टाल दिया के वो एक सांसारिक पुरुष हैं वो ऐसी वैरागी विद्या का दान उन्हें नहीं दे सकता।

इस बात का उन्हें दुख तो था मगर उनकी लालसा शांत नहीं हुयी। वो प्रति दिन किसी न किसी गुरु की तलाश में रहने लगे। कभी किसी के पास जाते तो कभी कहीं उन्हें बैठा हुआ देखा जाता था। समय और पैसा बारबाद करने लग गए थे वो कुछ लोभी उन्हें लालच देते थे तो कुछ शिष्य बना कर इनसे अपना काम निकलवाते और चलते बनते। घर में चाची जी इनसे परेशान रहने लगीं थीं। एक दिन उन्होंने अपने ससुर से ये सारी बातें बता दी और उन्हें समझाने को कहा। परिणाम स्वरुप चाचा जी की अच्छी आरती हुयी और फिर उन्होंने गुरु की तलाश और धन की व्ययता छोड़ दी और अपने सामान्य जिंदगी में वापस आ गए। लेकिन मन के किसी कोने में उनकी ये लालसा अभी भी पनप रही थी।

कुछ दिन बीते जब सब कुछ सामान्य हो गया। एक दिन चाचा जी गर्मी की वजह से छत पर सोने गए, अचानक रात के करीब बारह बजे वो अचानक छत से सीधा नीचे आँगन में आ गिरे। आवाज़ सुनकर सब दौड़े। चाचा जी बेहोश पड़े थे सबने सोचा के कहीं कोई चोर उचक्का तो नहीं है ऊपर जिसने इन्हें मारने की कोशिश की हो। छोटे चाचा ने ऊपर जाकर देखा तो वहां कोई नहीं था सिर्फ रक्त की कुछ बूंदे पड़ी हुयी थी ऊपर चारपाई पर बिस्तर लगा हुआ था। छोटे चाचा को लगा की शायद यहाँ कोई हाथापाई हुयी है मगर उन्हें ऐसा कुछ भी न मिला फिर सोचा के शायद उन्हें चक्कर आया होगा जिससे उन्हें चोट लगी और फिर नीचे जा गिरे।

फिर वो वापस नीचे बड़े चाचा के पास गए वो अभी भी बेहोश थे उन्हें उठा कर अस्पताल ले जाया गया वहां उन्हें अगले दिन सुबह होश आया मगर वो किसी को भी पहचान नहीं पाए। घर में हाहाकार मच चुका था। किसी की कुछ समझ नहीं आ रहा था के क्या से क्या हो गया है। सिर्फ चाचा जी ही बता सकते थे और वो ही अपनी याददाश खो चुके थे। डॉक्टर ने भी किसी भी मानसिक चोट की मोजुदगी से इनकार किया। सारी रिपोर्टें सामान्य थी न कोई अघात न कोई परेशानी। केवल तेज़ धड़कन और खोयी हुयी याद्दाश के सिवा।

खैर डॉक्टर ने उन्हें घर ले जाकर आराम करने सलाह दी, सो छोटे चाचा जी ने किया। वो घर आ गए चुपचाप बस एक कमरे में पड़े रहते न किसी से कुछ बोल रहे थे न किसी से बात कर रहे थे। दिन भर तो उन्होंने आराम किया मगर जैसे ही रात के बारह बजे वो अचानक चिल्ला पड़े "माफ़ करदो दुबारा नहीं होगा। हे बाबा माफ़ करदो।"

अब छोटे चाचा और उनके पिता जी जान सांसत में आ गयी के ये क्या हो रहा है। उन्होंने बहुत पूछा के कौन बाबा? किस्से माफ़ी मांग रहे हो? मगर उन्होंने कोई जवाब नहीं दिया और

फिर बेहोश हो गए। छोटे चाचा और उनके पिता जी उन्हें वैसा ही सोता छोड़ इस बात के बारे में बात करने लगे और सोचने लगे की क्या किया जाए? उन्हें कोई रास्ता नज़र नहीं आ रहा था, हाँ मगर एक बात साफ़ हो गयी थी के ये कोई उपरी चक्कर था। इसलिए अब वैसा ही डॉक्टर ढूंडना था। एक दो दिन ऐसे ही गुज़रे सारे दिन चाचा जी आराम से रहते और रात को माफ़ी मांगने लगते। और इस तरह से चिल्लाते जैसे कोई उन्हें मार रहा हो।

तीसरा दिन था, चाचा जी की दुकान पर एक साधू आया "बेटा, हम उज्जैन से हरिद्वार की यात्रा पर हैं, अपनी हस्ती के हिसाब से कुछ दान दे दो।"

"अरे बाबा माफ़ करो यार, मेरी वेसे ही हालत ख़राब है आपको क्या दान दूंगा?" चाचा जी ने माफ़ी मांगते हुए साधू से कहा।

"जैसी तुम्हारी इच्छा बेटा, लेकिन एक काम करो यहाँ गंगा किनारे हमारे गुरु जी ने कुछ दिनों के लिए विश्राम शिविर लगाया है। चाहो तो बड़े भाई को वहां ले आओ। ठीक हो जायेगा।" साधू ने शांत भाव से कहा।

चाचा जी की आँखें चौड़ी हो गयी, फिर सोचा शायद आप पास किसी ने बताया होगा और फिर कुछ पैसे निकाल बाबा के पात्र में डालने लगे। मगर बाबा ने अपना पात्र हटा लिया। और कहा "नहीं बेटा, हम तो वैरागी लोग हैं हमे सिर्फ थोडा सा अनाज दे दो।" चाचा जी ने कुछ चावल बिना तोले एक थैली डाल कर दे दिए। वो साधू आशीर्वाद देता हुए चला गया। फिर चाचा जी ने अपने घर पिता जी को फ़ोन किया और सारी बार बताई। उन्हें तो जेसे उम्मीद की एक रौशनी दिखाई दी। चाचा जी शाम से पहले ही अपनी दुकान बंद करके घर पहुंचे और फिर दान के लिए कुछ वस्तुएं ली, कुछ फल और थोडा अनाज। फिर वो दोनों बड़े चाचा जी को लेकर उसी विश्राम शिविर में पहुँच गए। चाचा जी को वो साधू वहीँ मिले और फिर चाचा जी को बैठाया। पानी वगेरह से ठीक उसी तरह सेवा की गयी जेसा की भारत की संस्कृति में मेहमानों को भगवान् मान कर की जाती रही है।

फिर उन साधू ने चाचा जी के पिता जी के साथ बड़े चाचा जी और छोटे चाचा जी को अपने गुरु से मिलवाया। चाचा जी के अनुसार उनके गुरु देखने से ही कोई सच्चे साधू लग रहे थे।पर्वत जेसी जटा, चमकता ललाट, मुख पर तेज़, वाणी में सोम्यता और अतिथि के प्रति उतना ही सत्कार। वो चाचा जी लोग के सामने ऊँचे स्थान से उतर कर उन्ही के बराबर में जमीन पर बैठ गए। और खैरियत वगेरह पूछी। चाचा जी ने सारा वृतांत उन्हें सुना दिया।

सब कुछ अच्छी तरह सुनने के बाद उन्होंने चाचा जी के पिता जी से कहा "जो कुछ ये हुआ ये तो नादानी से हुआ है। आप बस इतना कीजियेगा के आज तो शनिवार है, सोमवार को सेतु (पुल) के नीचे एक दीया, एक जोड़ी खड़ाऊ, एक लंगोट, एक चिलम और कुछ फूल और सफ़ेद बर्फी लेकर चढ़ा देना। और माफ़ी मांगते हुए कहना के महाराज ये तो एक नासमझ बालक है इससे जो भी गलती हुयी है क्षमा कर दीजिये और अपना भोग लेकर हम पर कृपा कीजिये। ऐसा ये दुबारा नहीं करेगा। और ये काम सिर्फ आप करना अपने लड़के को मत भेजना ठीक है? और कोई कितनी भी आवाज़ दे पीछे मुड़कर मत देखना न आते वक़्त ना

जाते वक़्त।"

"बाबा, आपकी बात समझ तो आ गयी मगर ऐसा क्या हुआ है इसके साथ? इससे इसी कौन सी गलती हो गयी?" चाचा जी के पिता ने हाथ जोड़ कर साधू महाराज से पूछा।

"बालक बुद्धि है, एक किताब से पढ़कर बड़ी शक्ति को रक्त भोग दे कर सिद्ध करना चाह रहा था वो भी गंगा किनारे। न अपनी कोई सुरक्षा की और न ही घटवार शक्ति की आज्ञा ली। वो शक्ति तो इसके पास नहीं आई लेकिन घटवार ने इस चेष्टा के लिए इसे दंड दिया है। इसलिए क्षमा मांग कर जब ये ठीक हो जाए तो इसे समझा देना के ऐसा न करे।" साधू बाबा ने सौम्यता के साथ ये बात समझाई।

सारी बार समझ चुके थे, दोनों ने साधू बाबा को प्रणाम किया और दान में जो वास्तु लाये थे दे दी, अब सो पहले बड़े चाचा जी को उसी वक़्त गंगा स्नान करवाया और घर ले गए। अगले ही सोमवार को चाचा जी के पिता जी ने घटवार बाबा से क्षमा याचना की। शाम होते होते बड़े चाचा जी ठीक हो गए। करीब एक हफ्ते के अन्दर अन्दर वो सामान्य हो गए और अपनी नोकरी पर जाने लगे। सब कुछ सामान्य होने के बाद चाचा के पिता जी ने उनकी इस बाद पिछली से ज्यादा अच्छी आरती उतारी और उनकी तंत्र मंत्र की सिद्धि की किताब लेकर फेंक दी।

साधू बाबा अपने शिष्यों के साथ अगले दिन ही वापस अपनी यात्रा पर चल पड़े थे। चाचा जी और उनके परिवार में से किसी को भी उनसे दुबारा मिलने का मौका नहीं मिला। वो तो सिर्फ एक रूप में ईश्वर की तरह आये थे चाचा जी की समस्या का समाधान करने।

तो दोस्तों, पढ़ कर सिर्फ सांसारिक ज्ञान प्राप्त किया जा सकता है अध्यात्मिक और तंत्र मंत्र का ज्ञान गुरु के बिना संभव नहीं है। इसलिए कहा गया है "गुरु बिन ज्ञान कहाँ।"

~

24

प्रेत योनि का किस्सा

- प्रेत योनि का किस्सा

एक संत थे, एक दिन अपने ध्यान साधना, पूजा पाठ , यज्ञ आदि से निवृत होकर जंगल की और जा रहे थे, उने किसी दुसरे संत जी से मिलने के लिए जाना था। साथ में उनके साथ कुछ शिष्य भी थे जो उनके प्रिय थे। जाते जाते जब वे गभीर जंगल में पहुच गए तो अचानक कुछ आवाज सुनायी पड़ा। जैसे कोई कह रहा है हमें बचाओ, हमें बचाओ। संत तो होते ही है बड़े दयालु करुना सिन्धु, और तो और ये संत वेदों के ऋषि थे उपनिषद् कार थे। बड़े ही दयालु थे। आवाज सुनते ही वे अपने शिष्य को लेकर उस घने जंगल की और चल पड़े जिधर से आवाज शुनाई पद रही थी। चलते चलते जैसे ही उन्होंने उस स्थान तक पोहुचा तो देखा पाँच प्रेत योनि खड़े हुए है और रो रहा है, कह रहे है हमें बचाओ हमें बचाओ। तब संत जी ने पूछा तुम सब मिलके कहोगे मई समझ नहीं पायूंगा, अतः एक एक करके बताओ तुम्हारी समस्या क्या है, कैसे तुम्हारी ये अवसथ्या हुयी पूरा बिस्तार से बताओ।

तब जाके पहला प्रेत योनि वाले ने कहना सुरु किया और बताया, मै इस प्रेत योनि से पहले ब्राह्मण कुल में पैदा हुया था, मेरे माता पिता ने शिक्षा प्रदान करने के बाद जब मैंने जिंदगी की डोर को संभालना सुरु किया तो मैंने अपना कर्तव्य का पालन नहीं किया, पुरुष सूक्त में कहा गया है की ब्रम्हां देवता का मुख है, मगर मैंने अपने मुख का सिर्फ गलत ही इस्तेमाल किया है। ब्राम्हण के मुख्यतया छ कर्तव्य है, वेद उपनिषदों का पाठ करना , शिक्षा लेना और शिक्षा देना , दान लेना और दान देना, यज्ञ करना और यज्ञ कराना। मैंने अपने जीवित काल में लोगों को शिक्षा नहीं दिया, परन्तु लोगों को गलत और अनुचित शिक्षाएं प्रदान किया, जिससे समाज में गलत फैमि पैदा हो गया, मैंने दान बहुत ग्रहण किया मगर दान कभी भी नहीं दिया, जिससे समाज में आर्थिक अव्यवस्था फ़ैल गया। मैंने न तो मैंने ही यज्ञ किया न ही जजमानो से यज्ञ कराया जिसके कारण समाज में वातावरण दूषित हो गया, आर्थिक संतुलन बिगड़ गया। स्मृतिग्रन्थों में ब्राह्मणों के मुख्य छ: कर्तव्य (षट्कर्म) बताये

गये हैं- पठन, पाठन, यजन, याजन, दान, प्रतिग्रह। इनमें पठन, यजन और दान सामान्य तथा पाठन, याजन तथा प्रतिग्रह विशेष कर्तव्य हैं। इसके इलावा समाज में एकता बनाये रखने की कला ब्रम्हां के द्वारा ही दिया जाना चाहिए। मगर मैंने ऐसा कुछ कर्तव्य पालन नहीं किया जिसके कारण मुझे शारीर छोरने के बाद धरती ने ग्रहण नहीं किया और मुझे प्रेत योनि प्राप्त हुया।

इसके बाद दुसरे वाले प्रेत योनि ने कहा हे महाराज मै भी इस प्रेत योनि प्राप्त होने से पहले क्षत्रिय वंश में जन्म लिया था, मेरे माँ बाप ने भी मुझे पड़ा लिखा के बड़ा किया था की मै अपने क्षत्रिय धर्म का पालन करूँगा। किन्तु मै ने ऐसा कुछ भी नहीं किया। वैदिक साहित्य में क्षत्रिय का आरम्भिक प्रयोग राज्याधिकारी या दैवी

अधिकारी के अर्थ में प्रयुक्त हुआ है। "क्षतात त्रायते इति क्षत्य अर्थात क्षत आघात से त्राण" देने वाला। मनुस्मृति में कहा कि क्षत्रिय शत्रु के साथ उचित व्यवहार

और कुशलता पूर्वक राज्य विस्तार तथा अपने क्षत्रित्व धर्म में विशेष आस्था रखना क्षत्रियों का परम कर्तव्य है। क्षत्रिय अर्थात वीर राजपूत सनातन वर्ण व्यवस्था

का वह स्तम्भ है जो भगवान की भुजाओं से जन्म पाया और ब्राम्हण के बाद मानव समाज का दूसरा अंग कहा गया। यो क्षयेन त्रायते स क्षत्रिय। शुरविरता, तेज,

धैर्य, युद्ध में चतुरता, युद्ध से न भागना, दान, सेवा, शास्त्रानुसार राज्यशासन, पुत्र के समान प्रजा का पालन - ये सब क्षत्रिय के स्वाभाविक कर्तव्य - धर्म कहे गये हैं।

निडर, निर्भय, साहसी, बहादुर, देश भक्त, सत्यवादी, वीर धुन के पक्के. कृतज्ञ, युद्ध कुशल, मर्यादापूर्ण, धार्मिक, न्यायप्रिय, उच्चविचार रखने वाला तो है हि सदैव

ही भारतमाता की रक्षा के लिये अपना सब कुछ न्योछावर करने को तत्पर रहते है। राजपूतों का एक बडा गुण यह भी था कि वे अपनी मानमर्यादा, आन-बान-

सम्मान पर हर क्षण अपना सब कुछ दांव पर लगाने के लिये तत्पर रहते है।

वैदिक साहित्य में क्षत्रिय का आरम्भिक प्रयोग राज्याधिकारी या दैवी अधिकारी के अर्थ में प्रयुक्त हुआ है। "क्षतात त्रायते इति क्षत्य अर्थात क्षत आघात से त्राण" देने वाला। मनुस्मृति में कहा कि क्षत्रिय शत्रु के साथ उचित व्यवहार और कुशलता पूर्वक राज्य विस्तार तथा अपने क्षत्रित्व धर्म में विशेष आस्था रखना क्षत्रियों का परम कर्तव्य है। क्षत्रिय अर्थात वीर राजपूत सनातन वर्ण व्यवस्था का वह स्तम्भ है जो भगवान की भुजाओं से जन्म पाया और ब्राम्हण के बाद मानव समाज का दूसरा अंग कहा गया।

वैदिक साहित्य में क्षत्रिय का आरम्भिक प्रयोग राज्याधिकारी या दैवी अधिकारी के अर्थ में प्रयुक्त हुआ है। "क्षतात त्रायते इति क्षत्य अर्थात क्षत आघात से त्राण" देने वाला। मनुस्मृति में कहा कि क्षत्रिय शत्रु के साथ उचित व्यवहार और कुशलता पूर्वक राज्य विस्तार तथा अपने क्षत्रित्व धर्म में विशेष आस्था रखना क्षत्रियों का परम कर्तव्य है। क्षत्रिय अर्थात वीर राजपूत सनातन वर्ण व्यवस्था का वह स्तम्भ है जो भगवान की भुजाओं से जन्म पाया और ब्राम्हण के बाद मानव समाज का दूसरा अंग कहा गया। यो क्षयेन त्रायते स?:क्षत्रिय की

उपाधि से अतंकृत क्षत्रिय के लिये गीता में कहा गया कि

मगर मैंने अपने क्षात्र धर्म का कुछ भी पालन नहीं किया। बल्कि मैंने प्रजा से गलत तरीके से धन कमाया, प्रजा का दुर्योग के समय उनका रक्षा नहीं किया उल्टा उनके प्रति अत्याचार किया है। जब देश की वारी आयी देश के ऊपर शत्रु का आक्रमण हुआ तब भी मैंने शत्रु पक्ष के साथ दिया सिर्फ कुछ आर्थिक लाभ के लिए। मेरे जीवन काल में न तो मैंने देश की रक्षा की है, न मैंने प्रजा की रक्षा किया है, मैंने सिर्फ मेरा ही सोचा। इसीके कारण मुझे भी शारीर छोरने के बाद धरती माता मुझे भी स्वीकार नहीं किया और मैंने प्रेत योनि को प्राप्त हुआ हूँ।

इसके बाद जो प्रेत योनि अपना विवरण देने लगे वे भी एक ही सुर में कहने लगे की उन्होंने किसी वैश्य वर्ण के घर में पैदा हुआ था, खुशहाल जीवन की बात करें तो उसके लिए सबसे पहले यही विचार आता है कि दौलत की कोई कमी न हो। इसके लिए जरूरी है परिवार की आर्थिक स्थिति मजबूत हो। इस तरह जब धन या अर्थ की बात आती है तो यहां वैश्य धर्म और कर्तव्यों का पालन सुखी परिवार की जरूरत बन जाता है। किंतु वैश्य धर्म के पालन का संबंध धन के नजरिए से हीं नहीं बल्कि अन्य स्वाभाविक गुणों को व्यवहार में उतारने से है। वैश्य धर्म के पालन से पहले यह जानना भी जरूरी है कि असल में वर्ण व्यवस्था के मुताबिक वैश्य के गुण क्या होते हैं?

- वैश्य की खूबी होती है - जरूरत के मुताबिक खर्च करना यानि मितव्ययता और धन का सही जगह उपयोग करना यानि सदुपयोग।

- वह दूसरों को नुकसान पहुंचाए बगैर बुद्धि के सदुपयोग से लाभ पाने की मानसिकता रखता है यानि व्यापारिक स्वभाव।

- स्वभाव की बात करें तो वह बहुत ही सभ्य, व्यावहारिक और मिलनसार होता है।

- उसकी बातचीत इतनी मिठास से भरी होती है कि सुनने वाला और देखने वाला मंत्रमुग्ध हो जाए।

- उसके व्यवहार में विनम्रता होती है। वह दूसरों को पूरा सम्मान देता है।

- वह सच बोलता है।

- वैश्य के द्वारा कृषि, गोरक्षा और वाणिज्य

व्यावहारिक जीवन में हम लक्ष्मी की प्रसन्नता चाहते हैं, लेकिन वास्तव में लक्ष्मी तभी खुश होगी, जब आप परिवार के हितों के लिए धन की बचत करने के साथ वैश्य के स्वाभाविक गुणों को भी जिंदगी में उतारें। हर गृहस्थ को वैश्य गुणों को भी अपनाना चाहिए। ताकि परिवार की जरूरतों को बिना किसी अभाव के पूरा किया जा सके। मैंने इन सब धर्मा का कुछ भी पालन नहीं किया, बल्कि मैंने खाने पिने में बहुत मिलावट किया, लोगो को झूट बोलना छल कपट से धन कमाना, जरूरत मंदों को सहायता नहीं किया, अपने गोदाम में अनाज रहते हुए भी मैंने गरीव दीन दुखी को सहायता नहीं किया। मैंने वैश्य धर्म का तनिक भी पालन नहीं किया जिसके कारण मुझे भी शारीर छोरने के बाद धरती माता ने स्वीकार

नहीं किया और मैंने भी प्रेत योनि को प्राप्त हुआ।

इसके बाद चौथे प्रेत योनि की वारि आयी। उसने भी अपना विवरण देना शुरू किया और कहा मैंने भी इस प्रेत योनि से पहले एक शुद्र परिवार में जन्म लिया था, मेरे माँ बाप मुझे भी शिक्षा प्रदान किया था। मगर मैंने भी अपनी जिंदगी के बाग़ डोर खुद संभालना शुरू किया तो मैं भी अपने शुद्र धर्म का पालन नहीं किया, मुझे ब्राम्हण, क्षत्रिय, वैश्य की सेवा करनी चाहिए था मगर मैंने अपना समय सिर्फ आलस्य में , लोगों की निन्दा, चुगली में, दुसरे की चर्चा में व्यतीत किया, मैंने अपना समय प्रमाद में चाटुकारी में बिताया। जब देश में बिपर्जय आया मैंने आलस्य में सोया रहा, किसी की भी सहायता नहीं किया, मैंने ब्राम्हण, क्षत्रिय, वैश्य सबके बारे में एक दुसरे से चुगली निंदा करता रहा। ब्राम्हण का चर्चा क्षत्रिय, वैश्य से करता था, क्षत्रिय का चर्चा ब्राम्हण, वैश्य से करता था, और समाज को भटकाया रखता था। मैंने एक नागरिक का धर्म भी पालन नहीं किया था। खेती, पशुपालन, गोरक्षा जैसे महान कार्यो में भी मैंने अपना सहायता नहीं किया। और तो और मैंने अपने माँ बाप, गुरु जानो का भी सेवा नहीं किया जिसके कारण शारीर छोरने के बाद धरती माता ने मुझे भी स्वीकार नहीं किया और मै भी प्रेत योनि को प्राप्त हुआ हूँ।

इसके बाद एक दुर्गन्ध जसे आने लगा और अंतिम प्रेत योनि ने अपना विवरण शुरू किया। उसने कहा हे महाराज मेरा गलती बहुत ही असहनीय है। मै इस प्रेत योनि से पहले एक कवी था एक लेखक हुआ करता था। मेरे जनम के बाद मेरे माता पिता भी मुझे पड़ा लिखा कर अपना जिंदगी जीने के लिए छोड़ दिया था इस समाज को सेवा करने के लिए। मै लेखक बना कविता और प्रबंध की रचना कीया, जिससे मै समाज को इर्षा, द्वेष, परचर्चा, परनिंदा करना शिखाया, मैंने यॉन सम्बन्धी अति मनोरंजन कहानी भी पड़ोसा, जिससे समाज में फ़ैल गयी, मगर समाज को एक गलत दिशा की और प्रेरित किया। मेरे किताव पडके लोग हमेशा भ्रमित ही हुआ जिसके कारण समाज में अराजकता फ़ैल गयी, घर घर में निंदा चुगली का खेल शुरू हो गया, एक दुसरे को गिराने में आनंद लेता था, बेटे माँ बाप को अपमान करके खुस हुआ करता था। गाँव में, शहर में बहन बेटियों के लिए सुरक्षित स्थान नहीं था। जैसे कलियुग का प्रभाव पड़ गया। मैंने एक अच्छा समाज का निर्माण कर सकता था मेरे लेख के द्वारा मगर मेरे लेख ने समाज को गलत दिशा की और भेज के कुसंसरित कर डाला। इन सब प्रेत योनियों का जो सब मेरे पहले वर्णन किया सायद इन सबका उद्धार तो हो सकता है मगर मेरा उद्धार किसी हालत में संभव नहीं। और इसीलिए मेरा शरीर छोरने के बाद धरती माता मुझे भी स्वीकार नहीं किया, ये चार जन तो प्रेत योनि को प्राप्त हुआ मगर मई शैतान की योनि को प्राप्त हुआ हूँ और इसीलिए मेरे शारीर से दुर्गन्ध आ रहा है। ये दुर्गन्ध मेरे शारीर का है।

इसके बाद उस ऋषि ने कहा अब तुमलोग सब मिलके बातो मै ऐसा काया करूँ जो तुमे लाभ पोहुछे और तुम इस प्रेत योनि से मुक्त हो सके। तब उन्होंने कहा हे ऋषिवर हमसबका उद्धार तब हो पायेगा जब आप संसार में जाकर हमारा ये कहानी लोगो से कहेंगे, जब लोग

हमारा बातो को शुनेगे और हमें घीना करेंगे और साथ ही आपना कल्याण के लिए अपना अपना स्वधर्म का पालन करेंगे वेद और शास्त्रों के अनुसार जिसके कारण एक सुसंस्कृत समाज का निर्माण होगा, तब जाके हम लोगो का उद्धार होगा। इसीलिए हे मुनिवर आप कृपा करके हमारा ये दास्ताँ समाज जाकर कहिये।

मुझे नहीं मालुम उपनिषद् के ये ऋषिवर के साथ ये घटना हुयी थी या नहीं मगर इस बात को अब जरुर देखा जा सकता है हमारे इस समाज में , हमें मीडिया के माध्यम से सिनेमा के माध्यम से और कोम्पुटर के माध्यम से हम क्या क्या नहीं पडोसते है. जिसके कारण हमारा ये समाज एक भ्रस्टाचार, दुराचार, व्यभिचार, अत्याचार से भरा हुआ है। क्या हम बन सकते है एक सही समाज सुधारक या समझ सुधरने के लिए सहायता कर सकते है?

25
अनसुलझी दास्तान

- अनसुलझी दास्तान

दोस्तों मेरा नाम फुर्खान है मै 25 साल का हु | मै जो आपको कहानी बताने जा रहा हु वो मेरे साथ घटी एक सच्ची घटना है | तो दोस्तों मै कहने पर आता हु मेरी शादी होकर कुछ ही दिन हो गए तो हमे बड़े घर की जरुरत थी क्यूंकि मेरे छोटे भाई की शादी होने वाली थी तो हमने एक एजेंट को बोला तो उसने एक घर बताया कि वो घर मेरे परिवार के लिए बहुत सही है | मुझे वो घर पसंद आ गया और मैंने जल्दबाजी में एडवांस भी दे दिया | और हम सब उस घर में जल्दी ही शिफ्ट हो गए|

पहले दिन मेरी वाइफ कुछ सामान साफ़ कर रही थी तो अचानक उसके सामने से कोई औरत गुजरी उसने समझा अमी है लेकिन थोड़ी देर बाद ही अमी का फ़ोन आया तो उसने सोचा की अमी मेरे सामने अभी छत पर गयी है तो फ़ोन किस लिए किया होगा | फिर उसने बिना फ़ोन उठाये छत पर चली गयी और चेक करने लगी तो वहा कोई भी नहीं था | फिर वो तुरंत नीचे आकर अम्मी को फ़ोन लगाया कि आप तो ऊपर छत पर थे और आप कहा चले गए | तो अम्मी ने कहा कि मै तो सुबह ही तुझे बताये बिना बाज़ार निकल गयी थी | ये सब सुनकर मेरी पत्नी सकते में आ गई और उसके हाथ कांपने लगे |

शाम को जब मै घर आया तो मुझे मेरी पत्नी ने सब कुछ बताया तो मैंने कहा कि ये सब तुम्हारा सिर्फ वहम है दुसरे दिन अम्मी रसोई में मछली साफ़ कर रही थी तो पीछे से किसी ने अम्मी के बालो को खीचा तो जब अम्मी ने घूमकर देखा तो वहा पर कोई नहीं था अम्मी भी बुरी तरह घबरा गयी लेकिन उन्होँने मुझे कुछ नहीं बताया तीसरे दिन मेरी पत्नी की माँ का फ़ोन आया कि उसके पिताजी की तबीयत खराब है तो मेरा जाना नहीं हो सका तो मैंने अपनी पत्नी को स्टेशन छोड़ की आ गया| रात को जब अपने बेडरूम में सो रहा था तोह मुझे नींद नहीं आरही थी जब मैं उठने लगा तो मै उठ नहीं पाया जैसे किसी रूहानी ताकत ने मुझे रोक रखा हो | फिर थोड़ी देर बाद मै उठ पाया | उस दिन अंतिम बार उस घर पर सोया |

www.ingramcontent.com/pod-product-compliance
Lightning Source LLC
Chambersburg PA
CBHW020646160726
47991CB00003B/1049